恋の都

三島由紀夫

筑摩書房

目次

恋の都

白檀の扇

　この物語をはじめるに当って、読者諸姉にちょっとした記憶を強制しなければならないことは、作者として、若干、遺憾とするところである。自由を愛する作者は、強制をきらう点においても、人後に落ちないからである。

　というのは、些細な一本の白檀の扇についてなのだ。

　この扇は、こうして物語のはじめに、一寸《ちょっと》紹介されるだけで、物語がおわりに近づくまで、姿を現わさない。

　そこで読者は、この扇が姿を現わしたら、物語がそろそろおわりに近づいたと考えていただいてよい。一方、この扇が姿を現わさないうちは（途中で何度あくびを連発されても）、話はまだ当分おわらないものと覚悟していただいてよい。

　扇というのは、白檀の三十の薄片に、精巧な透かし彫を施したものを、白絹のリボンで綴り、白銀の要《かなめ》でとめたもので、手にとれば、全部木製でありながら、日本の舞扇よりもはるかに軽く、いかにも佳人の繊手《せんしゅ》にふさわしい。しかもあおがれるとき、ほとんどしなうかと思われる扇の薄い木片が立てる風は、白檀の優雅なものさびた薫りを運んでくるのである。

最近香港《ホンコン》からかえったアメリカX通信社の政治記者ドナルド・ハンティントンは、日本のある女性に手渡すように、ある人から託されたこの香港の扇を、自分のホテルの鏡台の上に置いておいた。

その女性が一向見つからなかったからである。

ドナルドの部屋には、日本人の女性の訪客がまれではなく、ある女は、鏡台の上に置かれたこのかぐわしい扇に嫉妬を抱き、ある女は魅力を感じて、ほしがった。ドナルドは決して与えずに、これを手渡すべき日本女性の名をきいた。誰も知らなかった。

それは梅雨の一日の、憂鬱な日曜日であった。

ドナルドは土曜の晩の呑みすぎと睡眠不足を、昼寝をしてとりかえそうと、シャツとズボンの姿で、宿舎のNホテルの一室のベッドの上にごろりと横になった。

何の気なしに、手にはいつも鏡台の上に置きっぱなしになっている扇をもっていて、寝ころんだ顔の上で、この厄介な扇をひらいたり、とざしたりした。彼はアメリカ人によくある少し上向きかげんの愛嬌のある鼻を、ひらいた扇に近づけた。

えもいわれぬ東洋の匂いがした。甘くて、荘厳で、暗い……。

それから扇をとざして、枕もとのナイト・テーブルの上におくと、毛むくじゃらの両手を頭のうしろに組んだ。

『どうして眠れないのかなあ……』

彼は、降りそうで降らない、どんよりした窓のけしきを見た。少しむしあつく、まだ冷房はないので、窓は半分上げてあった。

『ああ、あいつのせいだ。まっ昼間からダンスだなんて！』

彼は舌打ちして、猛獣のように荒々しく起き上り、窓を下ろしにゆくついでに、今彼が自分の眠られぬ原因をそこに発見した、窓からもれてくる、かすかだがしつこいダンス音楽の源である、街路ひとつへだてたむこうの三階建の古い洋館をちらりと見た。

都心にはめずらしい、古風な石造の低い建物である。しかも前には、曇り空の下に煤煙によごれたヒマラヤ杉をならべている前庭を控え、前庭には古風な鉄柵と石の門がついている。

ドナルドは、いきおいよく窓を下ろし、ブラインドをガラリと引き、それから、ベッドに猛然ととびかえった。ベッドのスプリングの震動がおさまるころは、ドナルドは半ば眠っていた。……

人物紹介

……ジャズ音楽はそれほどやかましくNホテルの窓々をおびやかしているわけではなかった。

ホテルと古風な三階建の洋館との間には、たえず自動車の往来している街路があり、自動車のクラクションの響は、両側のビル街にたえず反響していた。それを縫って、たまたま、むこうの三階のジャズ音楽が、こちらのホテルの三階に、前庭と街路をへだてて、波打ってくるだけだった。

古風な洋館の門には、ARMY《アーミィ》 CLUB《クラブ》というイルミネーションがかかっており、そこを米国兵が、窓から洩れる音楽に口笛を合わせながら、くぐって行った。

三階の窓々は、すっかり開け放たれ、それでも曇り空のために仄暗《ほのぐら》い内部の大ホールには、天井から吊り下げられたダイヤライトを照らすスポット・ライトのほかに、照明らしいものは何もなかった。五色の折紙を小さく刻んで散らしたように、ダイヤライトの光りは、うごめいているダンスの人々の群の上をすばやくめぐっていた。テーブルの上にぽつねんと置かれている白革のハンドバッグをその赤や黄や緑や紫の小さい光りの破片が染めてすぎた。

朝鮮がえりのGIたちは、日本人の令嬢を、アメリカ人の看護婦を、日本人のあの外貨獲得の功労者の女たちを抱いて、うっとりと踊っている。

一隅の楽団《バンド》の舞台は、一つ一つの楯形《たてがた》の譜面台を光りに浮き出させている。楽団シルバア・ビーチの人たちである。六人編成のコンボ・スタイルの小バンド、バンド・マスターの坂口は、テナー・サクスを手にして片手で指揮をしながら、自分のパートに来ると、そのサキソフォンのきらきらした金属の管を、踊っている人々の頭上に向けて吹きならした。

坂口は四十がらみの、肥った、いかにも肺活量の大きそうな男で、浅黒い丸顔にコールマン髭《ひげ》をたくわえている。その甘いテナー・サクスの音と反対に、おそろしくガラガラ声の男だ。吹いている時の彼の顔は、風船を一生けんめいふくらましている梟《ふくろう》という感じで、愛嬌があった。

彼はほとんど立ちっぱなしだが、バイブラフォンの本多はじめ、あとの五人は皆坐っている。本多は三十を越したばかりで、すっかり禿げている。無類のお人よしで、宣伝飛行機が女の下着を撒《ま》いて飛んでいると言えば、本気で窓から首を出しかねない男である。

あとの四人はみんな二十代の半ばまでの若者だった。ピアノの松原は、白い繊細な手を、まるで紡績女工のようにめまぐるしく働かせて、象牙の鍵盤にむかっていた。彼はすんなりして蒼白《あおじろ》く、大人しい美男子だった。

ギターの石川は、ニキビだらけの、呑気《のんき》な若者で、この世に面白くないことは何一つないという顔つきをしていた。ベースの織田は、大きな楽器を、しじゅう眠そうな目つきで所在なげに抱いて、絃を弾いていた。

ドラムの工藤は、奥の一番高いところで、大小さまざまの太鼓の夜店をひらいたような恰好《かっこう》で、ややうつむき加減に、すばらしいテンポで連打した。彼の日頃の鋭い引締った顔は、額にかかったほつれ毛と共に、いっそう鋭く尖《とが》ってみえた。目は血走り、はげしいドラムの擦打《すりうち》のパートになると、きいている胸が轟《とどろ》いてくるようであった。ほかの楽団員は、微笑しながら、たのしげに体をゆすりながら演奏しているのに、彼ばかりは人を殺しかねない表情をしていた。

大ぜいの軍服の兵隊にまじって、一人の平服の若いアメリカ人が日本人の女と踊っていた。女は品のよいお嬢さんで、無表情な怒ったような顔をして踊っているが、パートナーが耳もとでささやくと、ふいにいきいきした目と微笑の歯がきらめいた。それがまた、瞬時に、固いものうげな表情に立戻った。耳には金の薄片の細工の耳飾りがきらきらしている。顔じゅうのほんのりしたお化粧に、小さい口だけが紅が濃い。白いなめらかな腕は、まるで無表情に、男の金髪のうなじに巻かれていた。……そして彼女は自分をじっと追っている工藤の目を感じて、バンドのほうをつとめて見ないようにしていた。

工藤の太鼓の連打がはげしくなる。

アメリカ人とお嬢さんの一組は踊りの群にまぎれてしまう。シルバア・ビーチの交替前の最後のクィック・ステップがおわった時、工藤の額には汗が粒立っていた。……バンドが交替して、西部音楽《ウエスタン》のバンドに入れかわる。西部劇に出てくるような牧童の装いをして、頸《くび》に色とりどりのスカーフを巻いた次の楽団員に、シルバア・ビーチの楽団員たちは、軽く会釈をしながら、楽屋へいそいだ。

楽屋は大ホールに接した十坪ほどの応接間であった。椅子やテーブルがぞんざいに置かれ、楽器入れの黒いケースが壁に立てかけてある。テーブルの上にギターがのせてある。それから乱暴に二つずつ穴をあけて、誰でも呑めるようにしてあるアメリカ製の缶詰ビール、アメリカ煙草の吸殻でいっぱいの灰皿……。

かれらがどやどやと入ってゆくと、

「御苦労様」

と、奥の窓ぎわの椅子から、マネージャーの朝日奈まゆみが立上った。

その落着いた顔を見ると、若い楽団員たちは、いっとき疲れを忘れて、母親の懐ろにかえったような気がするのである。

しかし、まゆみの年齢は、母親になるにはまだ早すぎた。彼女は二十六歳だった。潤んだ美しい目と、誘うような少ししどけない唇の持主で、独身であった。体によく合ったシャークスキンの白いスーツを着ていた。

数あるバンド・マネージャーの中でも、女性のマネージャーは彼女一人であった。しかもその有能さは、——両親からうけついだ天稟《てんぴん》であるにしても——、海千山千の男のマネージャーたちの間に群を抜いていた。浅田英学塾を出て、ふとした機縁から、彼女はその語学力が役に立つこの職業についたのである。

「坂ちゃん、ちょっと」

と彼女はおじさんほど年上の坂口を、きびきびした事務的な調子で呼んだ。

坂口は額の汗を拭き、上着を脱いで椅子の背にかけると、早速ビールの缶を口にあてがいながら、彼女のほうへ近づいた。

「ギャラが出たわよ」

「いくら」

「二万五千円」

「まあ、相場だな」

「先月より五千円多いのよ」

そこへ例のドラムの工藤が、二人の間へ割り込んで来た。

「まゆみ、たのむ、デーセン（バンドの隠語で二千円の意）貸してくんないか」

「何にするのよ」

「ヤケ酒だ」

まゆみは老成した目で、若い工藤の血走った目をじっとのぞき込んだ。

「ばかね。安子のことでしょ」

「あいつ……」

「スティーヴと踊ってるんでしょう」

「あいつ……、何も俺に見せびらかしにこんなところへ来なくたっていいじゃないか。安子も安子なら、スティーヴもスティーヴだ。よっぽど、ドラムを放り出して、スティーヴを張り倒してやろうと思ったくらいだ」

「なるほどな。今日のおめえのドラムはすばらしかったよ」

と坂口が茶々を入れた。工藤は昂奮して、

「何ッ」

「まあ、およしなさいよ。ばからしい」——若い彼女が男たちを子供扱いにするのが、すこしも不自然ではない、いつもの乾いた色気のある声で、「あんなアメリカ豚、ハムにしたってはじまらないじゃないの」

安子は有名な怪物政治家の令嬢だった。令嬢も父親に劣らぬ怪物で、彼女に惚《ほ》れている工藤は、さんざんに引きずりまわされていた。きのう彼と小さないさかいをして別れると、今日はわざわざ外人をパートナーにして、彼の楽団が出ているパーティーに現われるのだった。

「ばかねえ、藤兵衛ったら」とまゆみは、やさしい確信のある目つきで、「あんた、勘ちがいをしてるんだわ。安子は大丈夫あなたに惚れていてよ。わざわざあなたを嫉《や》かせるために、スティーヴを引張って来たくらい、わからないの」

若者は、第三者からこういう証言でなだめられると、殆《ほとん》ど夢みるような表情になる。しかし彼は、一度染めた頬を、またこわばらして、

「惚れているって、何の証拠があるんだ」

「スティーヴがさっき、ここへ顔を出したのよ。安子にむりやりにここへ引張って来られたって、こぼしていたわ」

「それ本当か」

「嘘なんか言ったって仕様がないわ。スティーヴは私を晩のごはんに誘いに来たのよ」

「それで、君、また断ったんだろう」

「ええ」

「たのむから、今晩だけ、スティーヴにうんと言ってくれよ。そうしなけりゃ、あいつは安子と飯を食いに行くだろう」

「うん、と言ったら何を御褒美にくれるの」

「仕様がないな、君、また、はっきり断っちゃったんだろう」

「安心なさいな。あとでまた楽屋へたずねて来てくれ、それまでに考えておく、と言ったのよ」

ここで、あわてて、われらの女主人公《ヒロイン》に註釈を加えねばならないが、まゆみには、楽団員みんなが信じている伝説があった。のみならず、彼女だけが知らない仇名《あだな》があった。それは「聖処女」というのである。彼女がマネージャーになってから、楽団員は年配のバンド・マスターをのぞいて一人ずつ彼女に言い寄ってみたが、成功した者は一人もなかった。

「たのむ、今度来たら、晩飯だけでも附合うと言ってくれ。スティーヴみたいな好い男なら、満更じゃないだろう」

まゆみの眉が、けわしく曇った。

「つまらない冗談を言いなさんな。アメリカ人はみんなろくでなしよ」

彼女の排外思想は、ざっと、こんな調子であった。

スティーヴ・オコーナーは、楽団にとって可成《かなり》重要な人物だった。シルバア・ビーチが日曜をのぞいて、毎晩十一時から演奏にゆく築地のナイト・クラブ「ジプシイ」の新任のマネージャーである。ジプシイとは、長期の契約が、前任者のマネージャーから引きつづいて結ばれているが、それが大分以前に結ばれた月二十万の契約なので、楽団員のあいだから、せめて三十万に上げてほしいという声が上っていた。その交渉は新任マネージャー、スティーヴの胸算用と、こちらのマネージャーまゆみの腕次第である。スティーヴは、まゆみに気があって、まゆみの出方次第では、十万円の値上を承知してもよい素振をみせていた。

ところで、まゆみは英語はすばらしく出来、外人との附合もうまかったが、奇妙にアメリカ人を毛ぎらいしていた。こんなに一から十までアメリカナイズされた職業の中にあっての、彼女の国粋思想は、みんなの不審の種子《たね》であった。まゆみはポケッ
ト・マネイから原爆乙女に見舞金を送ったり、街頭の基地化反対の署名運動の帖面に
署名をしたりしていたが、別段共産党ではなくて、むしろその反対だった。一つのク
ラブから別のクラブへ夜楽団が移動するとき、たまたままゆみを入れて七人の楽団員
を満載したタクシーが、皇居二重橋前をとおることがあったが、ところどころに蛍光
灯のともったひろい芝生と、さまざまな姿態の松の影絵のむこうに、夜目にも白い砂
利道が見え、そのかなたに二重橋の橋の灯が、暗い石垣を背景にうかんでいるのを見
ると、まゆみはいつも潤んだ目を、さらに潤ませて、みんなに気附かれぬように、そ
っと皇居のほうへ目礼した。……

楽屋のドアは、ノックされてもきこえない。大ホールの音楽が拡声器を通じて、こ
の部屋にも荒れ狂っているからである。西部《ウエスタン》音楽のスチール・ギターの音が楽屋の中
での皆の会話を、大声で話さなくてはきこえなくさせていた。
そこでドアは自由にあけられて、スティーヴが金髪の頭と、水あさぎの蝶ネクタイ
をのぞかせて、まゆみのほうへ向って、大きな緑柱石の指環をはめた指で、おいでお

いでをした。

まゆみは工藤のほうへ、ちらと悪戯《いたずら》そうに片目をつぶってみせてから、すらりとした足取りでドアのむこうへ消えた。

しばらくすると、まゆみはかえって来た。工藤のそばへ来ると、

「OKって言ったわよ」

「サンキュー」

工藤の頰に少年らしい微笑がうかんだ。

「安子のやつ、おっぽり出されたな」

「あの娘《こ》は昼間でも、決して一人で家へはかえれない娘よ。大丈夫、あなたのところへ休戦を申込んで来るから」

――そのとき、二缶目のビールを呑みながら、部屋の奥の窓から、梅雨曇りの殺風景なモーター・プールを控えた裏門を、ぼんやり見下ろしていたギターの石川は、

「やあ、すてきなシャドウ（隠語―自動車）がとまったぞ。五三年のポンティヤック8《エイト》だな」

と子供っぽい衒学《げんがく》を呟《つぶや》いたが、たちまち、ニキビだらけの顔と、くりくりした好奇

心でいっぱいな目を、みんなのほうへむけると、

「マリ子が来たよ」と叫んだ。

「仕様がねえ女だなあ。こんなに遅刻しやがって」

坂口がチョビ髭の口をとがらせて、言った。

洋紅色の美しい自動車は、コンバーチブルであったが、いつ雨が来るかわからないので、幌をすっかり閉していた。その大型のゆったりした車は、緑いろに塗った金網と木の門柱のある裏門の前に横づけになった。

クラブの裏門は、バンドマンや使用人の日本人の入口だった。外人同伴の女以外、日本人はこの裏門から入るほかはない。日本の領土内でありながら、日本人が入れない場所は、ここだけには限らない。のみならず、裏口には緑ペンキで塗った箱のような番小屋に、日本人の守衛がいて、日本人とみるといちいち目をとがらせて訊問する。

洋紅色のポンティヤックの運転台からは、まず中年の肥ったアメリカ人が下りて来た。そして手をとって、のせてきた女性を下ろしてやった。

洋紅色の自動車から下りてきたのは、自動車とそっくり同じ色をしたワンピースの大柄な女、人気歌手の梶マリ子であった。靴も手提も、髪にすっぽりかぶせた羽根毛の帽子も、全部同じ洋紅色で、口紅の色まで同じである。

自動車から下りると、彼女は帽子を片手でちょっと押えた。それから男と二言三言話をして、男はまた車に乗った。自動車置場へパークしにゆくらしい。

マリ子は、顔見知りの守衛に一寸《ちょっと》会釈をすると、三階の楽屋の窓で手を振っている石川のほうへ、大きく手提をふってみせた。

——やがて彼女は、あっという間に三階まで駈け上って来て、勢いよくドアをあけて、とびこんで来た。そしてぼんやり立っているまゆみにとびついた。

「まあ、待たしてすまなかったわねえ、まゆみ。今日は、まっ白なシャークスキンね」と彼女は少し体を離して、まゆみのスーツをしげしげと見てから、「すてきよ。よく似合うわ。あたしがこうやって抱きつくと、水引みたいじゃなくって、皆さん」

男たちがドッと笑った。なるほどまゆみの純白と、マリ子の真紅が、丁度紅白の水引のようであった。

「水引をかけて、どこへあげるの？　何しろ中味がすごいんだからね」

「もっとも、折角いただいても、たべると中毒するから、手をつけないって」

「あら、ひどいわ。中毒なんかしやしないわ。うんと栄養をつけるのよ」

まゆみは改めて大げさに眉をひそめて、

「だめねえ、あんたにかかると、つい文句をいうのを忘れてしまう。今度から遅刻をしちゃだめよ」

梶マリ子は、この楽団の演奏の際、たびたび臨時出演をする歌手だったので、まゆみをはじめ、楽団員一同とは、友だち以上の親しさであった。

「ごめんなさい」

マリ子は、少しも「ごめんなさい」という表情ではなく、とぼけた笑い方をしながら、ベースの織田がすすめる椅子にかけた。

マリ子は大柄で、額のひろい、口の大きい、個性的な美人だった。ひろすぎる額をかくす独特の髪型で、肩までふさふさと垂れるオカッパにしていた。笑うと健康な歯ならびがすっかり見えた。彼女は楽天的で、無類のお人よしで、何度男にだまされても懲りなかった。純情というものはささやかなものだと世間で思われているが、彼女のような大味な純情もあるのである。

「マリ、車で送って来た毛唐は、何だい、あいつ」

と子供っぽい好奇心を露骨に出して、石川が訊いた。

「いやなやつよ。ロング・プレイの蓄音器のセールスマンなの。追っかけられて、困ってるの。まきようがありはしない」

「いつも追っかけられて大変ですね」

と織田が眠そうな調子で、まるで皮肉にきこえない調子で、丁寧に言った。

大人しいピアノの松原は、細い指にタバコをはさんで、にこにこしてきいていた。

石川が心安く、彼女の椅子の背にもたれかかって、こう言った。

「男に追っかけられない秘訣を教えてやろうか」

「へえ、そんなおまじないがあるのかい」

と若禿のお人よしの本多が口を出した。

「何でもないさ。男を追っかければいいのさ」

「ああ、わかった。それが石川君の夢なのね」

とマリ子はすましてやりかえした。

年配の坂口は、そばへ寄って来て、何かマリ子をいやがらせる話を思い出した表情で、傍らの椅子にかけた。

「面白い話をしてやろうか」

「いや、また下品な話だから」

「それがすげえ上品な話なんだ。戦前、俺がヴァニティー・フェアというバンドをやっていた時分のことさ」

「そら、ききたそうな顔をしてやがる。おしまいまで大人しくきけば、話してやる」

「何？　どんな話」

「途中で『いやあ』なんて言っちゃいけないぜ」

「うん」

戦前からバンドをやっていたのは坂口一人なので、彼はいろんな話の種子をもっていた。

「昭和十三年ごろだったかな。ある国の大使館の三等書記官のひらいたパーティーに、演奏をたのまれて行ったんだ。行くと楽屋で、いきなり、黄いろいユニフォームを出されたんだ。上から下まで、のっぺらぼうの黄色なんだよ。へんだな、どんな趣向なのかな、と思いながら、俺たちはぶつぶつ言いながら、それを着て出たもんだ。会場へ出るとおどろくじゃないか。黄いろいテーブル・クロースをかけたテーブルにみんなすまして坐ってるんだ。給仕がおまるをもって台所から出て来た。俺たちはひっくりかえるほどびっくりした。ところが給仕はおまるを捧げてテーブルのそばまでゆくと、蓋《ふた》をあけて、一人一人の皿に、うやうやしく、ビーフ・シチューをサービスするんだ」

マリ子は「いやあ！」と言いかけて、口をつぐんだ。

「……ところがお客は全然笑わないんだ。あとできいてみると、そのパーティーじゃ、絶対笑っちゃいけないんだって。みんなの笑いをこらえてる顔ったら、みものだった。よく見ると、テーブルの上に新しい水洗便所がのっかって、それにライス・カレーがたっぷり入ってるんだ。それをしゃくって、ごはんにかけて、すましてたべてる奴がいる。

見ると、また一人ボーイがしびんをもって、すまして入ってきた。皆のコップについでやっているのは、ビールなんだ」

「いやあ！」

とマリ子は思わず大声をあげた。皆はゲラゲラ笑い、マリ子は、怒っていた。

「失礼ね、淑女の前で、そんな話」

「淑女だったら、いやあ、なんていうなよ」

「なぜ」

「淑女だったら、こんな話、何の意味かわからない、という顔をしなくちゃ、嘘だよ」

「それ、本当の話？」

「俺がこの目で見たんだから、本当の話さ。戦前の外人は、茶目っ気があって、面白かったよ」

「悪趣味ねえ」

そのとき、拡声器に耳をすましていたまゆみが立上った。

「あら、バンド・チェンジだわ」

一同はぞろぞろと立って、楽器のところへ戻った。まゆみはマリ子の耳もとで、

「ちょっと」と言った。

「なあに」とマリ子は立って来た。

「あなた今夜ひま?」とまゆみがきいた。

「あの外人と御飯たべるの」

「あとで『コパカバナ』へ行くわね」とまゆみは有名なナイト・クラブの名を言った。

「ええ、大抵」

「あそこで十時ごろ会いましょう。私を助けてね」

「ああ、わかったわ。私のほうも助けてほしいの。じゃ十時ごろね」

マリ子は呑み込み顔で、指切りをした。

西部《ウエスタン》音楽のバンドがぞろぞろ入って来たので、入れかわりに、シルバア・ビーチの人たちは、マリ子を囲んで楽屋を出た。出がけに坂口が、まゆみの耳もとで、

「今夜、スティーヴと飯を食うの?」

「ええ」

「そうかい」

「何?」

「いや、何でもないんだ。ただ、気をつけろよ」

女房と子供が三人もあるこのバンド・マスターは、一寸さびしそうな微笑をうかべて、出て行った。

『あの人は本当にいい友だちだ。私の身を案じてくれるんだわ』とまゆみは思った。

他のバンドの人たちと一人楽屋にのこされると、まゆみは、急に立って、電話室へ電話をかけに行った。

荻窪の×××番。

「誰?　まゆみかい?」

母親のあたたかい声がきこえた。

「まゆみよ。パパ、おかわりないわね」

「ええ、大丈夫。今夜は?」

「仕事でかえれるかどうかわかりませんの」

「そう。無理しないでね」

脳溢血で、戦後七年間も半身不随の体を横たえている父親を心配して、孝行なまゆみは、どんなに忙しいときでも、一度必ず家へ電話をかけた。一家の生活を支えているしっかりしたまゆみを信用している母は、外泊にも巡業の旅行にも、何も言わなかった。

まゆみはほっとした表情であたりを見まわした。電話室の中にまで、バンドの音楽がひびいて来ていた。ガラスを透かして、広間のソファに踊り疲れた身を凭《もた》せている若いアメリカ兵たちの姿が見えた。

まゆみはハンドバッグの底から一枚の写真をとり出すと、そっと電話に立てかけて、置いた。目もとで小さく笑って、

「会いたかったわ」と写真に言った。彼女はこの写真とまる一日別れていることはできなかった。

写真は、二十歳そこそこの凛々《りり》しい面立の青年の顔であった。紺絣《こんがすり》をきちんと着て、丸刈りの頭に、目ははげしい情熱を放ち、口はきりっと結んでいた。

『いつのまにか、この人より七つも年をとってしまった』

とまゆみは思った。死んだ青年は、その二十歳の年のままである。彼は九州の生れ

で、戦争中、過激な右翼団体の宮原塾の塾生だったが、まゆみ一家が疎開中、敗戦と共に代々木原頭で切腹して死んだのであった。彼女は少女時代の彼女の耳にささやかれたこの初恋の男の熱烈な言葉の数々を思いうかべた。それは今では神話のようにしか思われぬ極端な熱狂的な国粋思想であった。

まゆみは写真にそっとこう言った。

「大丈夫よ。私、アメリカ人なんかに、決して、してやられはしないから」

女の戦友

一

電話室をまゆみが出ると、スティーヴが安子を伴って舞踏室から出て来るところであった。まゆみは安子とあいさつをした。安子は眉ひとつ動かさないで、品のいいお辞儀をした。

こういうとき、人間のできているまゆみは、心の中では、『何て乙にすましたお嬢さんだろう』と思いながらも、姉さん株らしいやさしいあいさつを忘れない。

「お父様お元気？　いつか『ジプシイ』へ一緒においでになったわね」

「父はああいうところが、待合なんかより好きらしいのよ。一月にいっぺんだけ父と遊ぶの。いくら待合へ連れてって、芸妓を見せて、って言っても、連れてってくれないの」

「そんなに芸妓が見たい?」

「あら、あたくし、とても芸妓にあこがれているの。あんな生活したいわ。退屈でなくて、どんなにいいかしら」

ニコリともせずに安子はそう言った。

スティーヴは、自分にはわからない日本語の会話を、二人の顔をにこやかに見比べながらきいていた。ずいぶんこすっからいところのある男だが、童顔で得をしている。日本語はちっともおぼえず、アリガトウをまちがえて、オハヨウなんぞと平気で言う。もっともフランスへ行って、地下鉄の中で女の足を踏んで、コンビヤン(これいくら?)と言ってあやまった日本人もいるのだから、人のことは笑えない。

「……では、僕、まゆみさんとこれから仕事の話で、ほかへ行かなければならないものだから……」

とスティーヴが逃口上を言った。

「そう」と安子は、表情を変えずに、流暢な英語で答えた。「……あたくしもドラムの工藤さんにちょっと用があるのよ。今晩は工藤さんに送ってもらうからいいわ」

――それから日本語で、「まゆみさん、楽屋で待っていてもよくて?」

「ええ、どうぞ、もう二十分もすると、シルバア・ビーチはおしまいよ。そのあとでウェスタンがあって、ここのパーティーは退《ひ》けるわ」

安子を楽屋へ送り込んで、ドアをしめると、スティーヴとまゆみの目が合って、二人ともクスリと笑った。しかし、どうして、このお嬢さんの退場の仕方は見事であった。

「食事にはちとはやいですね」

とスティーヴが言った。

「そうね」

まゆみは階段室の大きなステンド・グラスの窓の、花瓶に挿されたたくさんのバラの花模様が、曇った夕空の乏しい光りで、黒ずんでみえるのを見た。

『この男がお腹《なか》の中でしている計算が、私には丸見えだわ。ある程度まで計算に私も載ってみせなければ面白くならない。……でもどういうんだろう……』

まゆみは、舞踏室から流れてくる「ブルー・ムーン」の曲に合せて、呑気《のんき》に口笛を吹いているスティーヴの顔をちらりと見た。無邪気で、血色がよくて、いかにもヴィタミンを十分にとった頬っぺたをしていて、どこを見ているのかわからない青い目をもった一人の青年がそこにいるだけだ。

『スティーヴだって、根っから悪い人じゃない。それなのに、どういうのかしら。言い寄ってくるアメリカ人を一人一人はねつけて、私自身の無傷の勝利を感じるとき、私には、何だか、死んだあの人の魂が安まるような気がするんだわ。スティーヴだって、どういう風に憎いというわけではない。ただこうやってこの人が私を求めている目つきがわかると、むしょうに、ひどい目にあわせてやりたくなる。今までいつもそうだった。これからもきっとそうだろう』

まゆみのこんな反省には、ちょっとした盲点があった。二十歳《はたち》で死んだ初恋の青年、丸山五郎、の思想が乗りうつっているばかりに、アメリカという国がひたすら憎くて、それで自分がアメリカの男たちの誘惑をはねつけることに、よろこびを見出しているのだと考えていた。しかしまゆみは、かつて自分の楽団《バンド》の若い男たちの誘惑をもしりぞけたことは忘れていた。……自分を求めている男の目附そのものが、彼女をいつも残酷にするのだということを、まゆみは深く考えてはいなかった。第一、まゆみは、「僕は君を愛している」と言われると、その瞬間からその男をきらいになるたちだったが、単純なアメリカの男たちは、まずいちばん先にそれを言ったからである。

「そうだ。今日は五時から友だちのうちで、カクテル・パーティーがあるんだっけ。

晩ごはんまで附合ってくれますか？」

とスティーヴが言った。まゆみが、ええ、と言うより早く、彼はまゆみの腕をとって、赤い絨毯《じゅうたん》を敷いた階段を快活に降りだした。

二

スティーヴが運転する五三年型のナッシュは、夕方の街の交叉点で、赤信号になってしばらく止った。どんより暗い空にネオンが光りはじめ、多くのネオンは、水すましのような単調な光りの運動をくりかえしていた。すっかり夜になれば、ネオンだけが空を美しく彩るのだが、まだネオンのうしろに汚ない屋根や剝《は》げかけた建物の地肌が見えているので、お化粧のかげに荒《すさ》んだ肌がのぞいているように見えた。夕方のあわただしさは、帰りをいそぐ勤め人たちだけが作るものではない。街はこういう時刻には、一刻も早く夜の来るのを待って、いらいらしている。

まゆみは都電の停留所に立っている大ぜいの勤め人たちを見た。誰もカバンを下げており、若い人は白いワイシャツだけの姿が多い。一日の仕事に疲れ、ぼんやりと混んだ電車が来るのを待っている。中年の勤め人などはまっすぐ立っていられず、前にまわした両手に、ガマガエルのようにふくれあがったカバンを下げ、腰をゆがめて立っている。

スティーヴはまっすぐ向うを見て、ハンドルに手をかけたまま、赤信号が青に変るのを待っている。その大きな白い手には、緑柱石の指輪が甲虫のように止っており、手の甲には金いろの毛が渦巻いて生え、その間に白い肌にちらばるソバカスが透いてみえる。

まゆみは思わずゾッとして目をそらした。すると、停留所から自動車の中をのぞいていた多くの疲れた目にぶつかった。勤め人たちのその目には、好奇心と入りまじった反感があった。

『あの人たちは、私のことをパンパンだと思っているんだろう』と、青信号になって走りだした車の軽い動揺に身を委《まか》せながら、まゆみは考えた。『……そう思われたって、何だというの。もし私が心の奥の本当の気持を叫んだら、あの人たちは熱狂して、私を胴上げにしてくれるだろう』

こんな考えはまゆみの空想的な欠点をよくあらわしていた。

東京の各所で、よく英字の名前を書いた方向板が、住宅街の辻などに見られる。スティーヴの車が曲った麴町《こうじまち》の焼跡の多い町の横丁にもそれがあった。英字で、ギルバアト・スターンと書いてある。

その方向板のとおりにゆくと、小さい緑いろの洋館があらわれる。スティーヴはまゆみと共に、どんどん案内も乞わずに家へ上ると、日本人のハウス・ボーイが廊下のつきあたりのドアをあけた。スティーヴは、まゆみをさきに入れて、うしろにドアをしめた。

二間つづきの洋間がまぶしいくらいの明りに照らされてそこにあらわれた。パーティーの人たちはまゆみのほうを一せいに見た。

そこには日本人は一人もいない。アメリカ人ばかりの二十人ほどの男女がまばゆい光線の中からこちらをふりむいたとき、まゆみは奇妙な美しい羽毛の、足の長い水禽《みずとり》たちの檻《おり》へ、いきなり入って行ったような気がした。外人馴れのしているまゆみがそう感じたのである。それは全然異種の動物が、日本人の都会の一隅に、こっそりと屯《たむ》ろしているといった感じだった。

スティーヴがまゆみを一人一人に紹介した。

「ハウ・ドウ・ユウ・ドウ。グラッド・ツー・ミート・ユウ」

一人一人が、真白な歯を見せて、愛想よく握手をする。そうすると、水禽たちは、一羽一羽、急に人間に化けてしまったように思われた。紹介がひととおりすむ。まゆみはもう一度室内を見まわした。錯覚は拭い去られ、そこにはざわざわ喋ったり笑ったりしている人間たちがいるだけだった。

椅子が足りないので、男たちは絨毯の上にあぐらをかいたり、若い女の二三も、美しいすんなりした足を斜めにそろえて、坐っていたりしていた。そのどの手にも、洋酒の燦《きら》めいているグラスがあった。

まゆみは早速めがねをかけた女子大生ふうの一人につかまった。

「アメリカの占領政策の失敗についてどうお考えになって？」

答えるひまもなく、一人のおばさんが寄って来て、

「日本へ来てまだ三ヶ月ですけど、日本は何という、驚嘆すべき、夢のような美しい国でしょう」

するとまた別のこっけいな小男が、

「ここへお坐りなさい。僕はタタミの上のほうが結構です」

と自分の椅子をゆずって、絨毯に坐り込んだ。

「アメリカ人たちは原子爆弾を落したことについて深い罪悪感をもっていますわ」

「おお、原子爆弾、なんておそろしいんでしょう。私の故郷にだって、いつ落ちるか

わからない」

「カブキを見ましたわ。カブキって何てすばらしいんでしょう。驚嘆すべき、夢のような美しい舞台ですわ」

まゆみはこういう脳みその足りない連中と話すのはほとほと閉口であった。

そこへ主人役のギルバアトが、薄みどりの洒落《しや》れた上着の袖をまゆみのそばへ辷《すべ》り込ませて、

「ごらんなさい。スティーヴが十八番をはじめますよ」

と言った。ギルバアトはスティーヴの前以ての話によると、金持の息子で道楽がすぎて、父の会社の日本代理店へ、平社員で派遣されているのだった。スティーヴよりは長めの顔で、髪はほとんど黒に近い。荘重な顔なのだが、一寸《ちよつと》笑うと、急に造作がほどけて、だらしない笑い方になる。

スティーヴは、むこうの長椅子に、すでに少々酔って、友だちと大声で笑いながら話していた。一人の女友だちが、是非その芸当を見せてくれ、というような意味のことを言って、せがんでいるのがきこえた。

スティーヴは、そこで、女が寝仕度をする真似をはじめたのである。

まずピンをいくつも口にはさむ仕草をし、それを一つ一つ指でつまんでは、両手を

うしろにまわして、髪を丹念にまとめるのが、呆れるほど芸がこまかいので、女たちまでほとほと感心して眺めている。それから靴下を脱ぐ仕草になり、ズボンの上からその真似をするにすぎないのに、ナイロンの靴下を上からするすると巻いて脱ぐ手つきの巧みさは、まるで目の前で、ぬけがらを脱ぐ蛇のように、巻き下される靴下から、女の白い足の素肌があらわれるさまが見えるようである。手つきがまた実に、真に迫って、こまかかった。最後にスティーヴが、腕時計を枕許《まくらもと》において枕に顔を伏せ、また寝返りを打ってから、すごいイビキで寝てしまうところまで演ずると、パーティーの人々は、一同、お腹を抱えて笑った。まゆみも、ギルバアトも、涙が出るほど笑った。

笑いが納まると、ギルバアトがまゆみの耳もとで、こうささやいた。

「スティーヴも不幸な男ですね」

「どうして？」

「彼はあなたにぞっこん参っているんです。そうすると、あいつはたまらなくなって、ああやって、皆に笑われるような破目に自分を追い込むんです。彼はあなたに、こっけいなやつだと思われて、軽蔑されることがうれしいんですよ」

三

……カクテル・パーティーを途中で脱けて出て、車でまた都心へ引返して、T会館の屋上でとった夕食のあいだ、スティーヴはうってかわってひどく厳粛だった。

「二人だけで摂る最初のディナアですね」

「だからそんな儀式に出たような顔をなさってるの?」

スティーヴは悲しそうに首を振った。こういう、人の同情を惹《ひ》く自然な表情は、日本人の男は実に下手である。

熱帯風の竹の舞台で楽団が音楽を奏でていた。屋上の夜風は涼しく、ほうぼうのビルの灯やネオンサインが食卓のわきに一望の下に見えた。調理室の前に並べてかけられた色とりどりの提灯《ちょうちん》は風に揺れ、卓をへだてる鉢植の樹々の木の間に、それぞれの卓上の蓄電池《バッテリー》のスタンド・ランプの灯がちかちかしていた。中央の踊り場は、滑らかな黒い石敷だったが、誰も踊る者がないので、その面はほのかに灯火を反射して、黒い静かな池のように見えた。

給仕が煖めた皿を置いて行った。となりのビルの煙突の煙が、ごく微細な煤煙を皿の上へ散らしたので、まゆみはナプキンでそれを拭きとるために、軽くうつむいた。

そしてまた顔を上げると、スティーヴをまともに見つめてきいた。

「あなた、今、何か言おうとなさった？」

スティーヴは年甲斐もなくまごまごした。

「いいや、別に……」

まゆみは、自分がうつむいているあいだに、スティーヴがかなり重大なことを言おうとしていたのがわかったのである。

『きっと私がウンという交換条件に、ジプシイの楽団のギャランティーを二十万円から三十万円に引上げてもいい、というつもりだったんだわ。でも私から言い出したら、おかしなことになる。交換条件という匂いを少しも出さないで、スティーヴから先に切り出させるべきだわ』

「ここではちょっと踊れませんね」

とフォークを動かしながらスティーヴが言った。彼の皿の上にはマヨネーズをかけた大きな伊勢海老《えび》が寝ころんでいた。

「ここではね」

「食事がすんだら、どこか踊れるところへ行きましょう。どこがいいでしょうか？」

「『コパカバナ』はどう?」

「それがいい。『コパカバナ』へ行きましょう」

四

コパカバナというのは、南米ブラジルの首都リオ・デ・ジャネイロの海水浴場の名前である。白い砂浜は海浜傘《ビーチ・パラソル》に埋められ、大西洋の豪快な波が、亜熱帯の空の色ときそう紺碧を砕いて打ちよせる。砂浜をめぐって黒白の曲線の模様をえがくモザイクの細い散歩路がどこまでも延びている。その散歩路の内側には、高級車のひっきりなしに行き交う自動車道路があり、これに接して白堊の大ビルディング、ホテルや高級アパートなどの近代建築が櫛比《しっぴ》している。更にうしろには、ブラジルの巨大な自然、ふもとを椰子《やし》の林にかこまれた南画風の峨々たる岩山がそびえ立っているのである。

目黒のナイト・クラブ「コパカバナ」はその名をとっただけで、経営者はアメリカ人だ。お客もほとんど外人で、楽団はフィリッピン人だし、この間帰国した比人歌手ビンボウ・ディナウは、「私、ビンボウ、ノウ・マネイね」などとお客を笑わしながら、毎晩歌っていた。

例の国際賭博容疑のごたごたのあと、ついにM・クラブが閉鎖されてからは、東京の流行を追う男女は、大ていコパカバナに姿を見せるのだった。二割ほどの日本人の客の中には、有名な映画女優や、有名な歌手や、青年億万長者などの目立つ客が多かった。場内はラテン・アメリカ風の雰囲気を漂わすように装飾され、ボーイたちは南米風のゆったりした白シャツに、真紅の帯を〆めて立ち働いていた。

まゆみを先に立てて、スティーヴは「コパカバナ」のドアを入った。マンボNo. 5《ナンバー・ファイヴ》の陽気な曲が場内にあふれていた。

二人は席につくと、洋酒と前菜を注文した。そして次の静かな曲のとき、踊った。暗い間接照明の下で人々は頬がすれ合うばかりに踊っていた。梅雨時の湿気と人いきれで場内はむし暑かった。

スティーヴは踊りながら、まゆみの髪にかるく接吻した。まゆみがするままにさせておいたので、今度は耳もとに接吻した。男の熱い息が、颶風のようにまゆみの耳にひびいた。まゆみは潤んだ切れ長の目のはじで、そっとスティーヴをうかがっていたが、スティーヴの目はぼうーっとしていて、とりとめがなく、その青い目がいかにも夢を見ているといった風情だった。

やがてスティーヴはまゆみの背にまわした腕に力を入れて、

「アイ・ラヴ・ユウ」

と言った。

まゆみは少し顔を離し、スティーヴの顔をちらりと見て、かすかに笑って目を伏せた。

……テーブルに戻ったとき、やっとスティーヴが言い出した。

「僕、いろいろ考えたんだが、この間の契約の話ね。……あれ、何なら、三十万にしてもいいと思うんだが」

「ええ」

「どう……？」

「結構だわ。……でも」

「でも、何？」

「……でも、何か交換条件があるんじゃない？」

「交換条件なんて、そんな失礼なこと！」

スティーヴは大袈裟《おおげさ》に両手をひろげた。

「そう、ありがとう。……でも」

「でも、何さ」

「あなた、口が巧いから……」

「それなら、見て下さい」

彼はそそくさと懐から紙入れを出し、英文タイプで打った二通の契約書を見せた。旧契約を破棄して、月三十万円のギャラで、新契約を結ぶ旨が書いてある。下にスティーヴのサインがあり、まゆみのサインすべき場所があけてあった。

まゆみは、ハンド・バッグから、金側の細い万年筆を出して、器用にサインを二つすると、一枚を自分のハンド・バッグにしまって、事務的に、にこやかに握手の手を出した。


やがてスティーヴが手洗いに立ち、ボーイのすすめる櫛《くし》で自慢の金髪をきれいに撫でつけ、オリーヴ油を軽く髪にこすって、鏡の中の自分としばらく睨《にら》めっくらをし、口笛をちょっと吹いて、すっかり自信と満足に胸をそらして席へ戻ってくると、まゆみは派手な赤い服の女と談笑していた。

遠くから彼にはすぐわかった。

『梶マリ子だな』

その大柄な目鼻立ちのはっきりした顔と、肩にふさふさと垂れた髪は、遠くからも、舞台を見るようによく目立った。

マリ子と連れの外人は、たまたまあいていたまゆみの隣のテーブルをとったのだが、女二人があまり仲良く話しているので、マリ子の連れは少し困惑した表情で、こちらのテーブルのそばへ立って来た。

「御紹介しましょう。こちら、ムーンライト蓄音器のセールスをやっていらっしゃるヘンリー・マクガイアさん。……こちら『ジプシイ』のマネージャーのスティーヴ・オコーナーさん」

この英語の紹介で、二人の男はアメリカ人らしくなごやかに笑って握手を交わした。中年のヘンリーは、肥ったお腹を、ごくゆったりした仕立の上着で隠していた。

「御一緒にしましょうよ」

と女二人はわざと英語でそう言い合った。紳士同士も、ヘンリーが詫びを言って、二組は一つのテーブルをかこんだ。それから四人の会話は英語になった。

「私の伯父さんが、この間離婚したのよ」とマリ子がのんきそうに話し出した。「でも奥さんのほうでなくて、伯父のほうが家を出たの。まえから仲が悪くて、夫婦別れをすることになって、高校生の一人息子に、父親と母親とどちらに出て行ってもらうかを、一任することになったの。そうしたら、息子がお父さんの前へ出て、まじめな顔をして手をついて、『すみませんが、お父さん、出て行って下さい』って言ったんですって」

「それはアメリカでもめずらしい話だ」

スティーヴとヘンリーは顔を見合せて笑った。

「うちの別の伯父の家では」とマリ子は、カクテル・グラスを下唇にあてたまま、それを呑むでも呑まないでもない風に、また別の話をしだした。「いなかの親戚が上京して泊ると、一人一週間で千円請求していたの。今度も上京してくるんで、一週間千円でたのむという手紙が来たら、それではとても収支償わないからって、断りの返事を出したそうよ」

「こいつもアメリカでもめったにない話だ」

とスティーヴは興がった。

マリ子には精神分裂症みたいなところがあって、今お天気の話をしているかと思うと、急転直下話題を転換して、鋏《はさみ》の話をしたりするのであるが、今度はまゆみに、英語でこう話しかけた。

「ＭＳＡってなあに？」

「まあ呆れた。あなた新聞を読んでいないの？」

「ときどき読むのよ。でもいそがしいでしょう。めったに読まないの」

「あなたってそれで通ってるんだから、頭がいいのよ」

「ああ、お宅、蚤《のみ》がいない？」

「あらいやだ、蚤なんかいないわ」

「犬の蚤って、人間にたかるのかしら。うちのピスがしきりに痒《かゆ》がってると、私も急に痒くなるのよ」

「それは蚤ではなくて同情ってものよ」

まゆみのこのウィットは、酒の席をいかにもたのしくさせた。

場内が仄暗《ほのぐら》くなって、各テーブルの上の蠟燭のスタンドが、点々と目立つ暗さになったのは、休憩がおわって、また演奏をはじめたのであった。踊りの床《フロア》へ誰も出てゆかないのは、ショウがはじまるらしい。スポットが、人々の頭上を走って楽屋口のカーテンへ向けられた。奇抜な衣裳のアクロバティックダンスの姉妹がそこから飛び出して、逆立ちをしてお客にあいさつした。

体がまるで縄のようによじれたり、股のあいだから笑っている顔がニュッと出たりするのは、同性のお客にとっては、あんまりうれしい眺めではなかった。

まゆみとマリ子は、ショウのほうを見ないで、おしゃべりをした。煙草好きの友だちがいつも煙草をねだるので、自分は喫《の》まないくせに、ハンドバッグの中にいつも外国煙草を一袋しのばせているまゆみは、その一本をマリ子にすすめて、一瞬眉をひそめて喫いだすときのマリ子の表情を美しいと思った。

「あなたって本当にきれいだと思うけれど、私、嫉妬を感じたことがないの。女同士で、ふしぎね」

「あんたもきれいだからよ」

「そんなことを言わせたくって、言ったんじゃなくってよ」

マリ子は灰を乱暴に灰皿に叩き落した。

「あたしたちって、どこか似ていて、どこか反対なのね」とマリ子はゆっくり考えるように言った。

「あたしたちって、誰も愛さないのよ」

「そうかしら」

まゆみは、例の若者の写真にそっとさわる心持で、ハンドバッグを外側からさわった。

五

……もう午前二時だった。

場内はますます人数が増し、煙草の煙がどんよりしていた。女二人は顔に疲れが出ていはしないかと思って、期せずして同時におのおの小さい手鏡をのぞき込んだ。

「そろそろ帰りましょうか」

とまゆみはスティーヴに言った。スティーヴはにっこりしてうなずいた。お八つをもらう前に子供がうかべる笑いとよく似ている。

女二人は化粧室へ行った。

鏡の前で、お互いに鏡をのぞき込みながら、まゆみとマリ子は、誰憚《はばか》らない日本語の会話を口早にした。

「十万円の値上、承知した？」

「ええ、さっき、契約書をとったのよ」

「すごい腕ね」

「だってそのためのバンド・マネージャーですもの」

マリ子は神経質に、永いこと手を洗っていた。あいかわらず鏡を注視しながら、まゆみにこう訊いた。

「あなた、今夜、スティーヴ大丈夫？」

「大丈夫よ。何事もないわ。家へ送らせて、今夜はそれでさようならよ」

「でもスティーヴは危険人物だからな」

「キッスぐらいは覚悟してるわ」

まゆみは凜々《りり》しい自分の眉を鏡の中に見た。その眉はちょっと烈婦といった風情があった。

「スティーヴの車で送ってもらわないで、自分でタクシーを拾ってかえると言ったら」

まゆみはふしぎな感情で、友だちのこの忠告にさからった。自分が綿に包まれたこわれものでないことを自分にためし、友だちにも証明してやりたかった。

「大丈夫よ」ともう一度まゆみは言うと、化粧室の扉を押して先に出た。

六

と訊きながら、手を貸して、スティーヴはまゆみを車に乗せた。

「酔っている?」

「酔ってなんかいないわ」

マリ子の一組もかえるところで、その赤いポンティヤック・エイトの自動車のほうへ二人は手を振った。

「お宅は荻窪でしょう」と動きだすと、スティーヴが言った。

「よく御存じね」

「近道を行きましょう」

「道をまちがえないでね」

「東京のどんな道でも、日本へ来てから半年のあいだにおぼえてしまいました」

『人間って誰でも一つは妙な才能をもっているものだわ』とまゆみが思ったとき、車は急カーヴして左へ折れた。深夜の町は、街灯の列が森閑と戸をおろした商店の前に並んでいた。

「どこへ行くの?」

不安になって、まゆみが訊くと、車は途方もない方角へどんどん曲って、五反田の駅へ近づいていたが、スティーヴは答えなかった。

「どこへ行くの?」

はげしい語気でまゆみは訊いた。答はない。スティーヴは街灯の列が左右へ流れてゆく正面をみつめたまま、高速力で第二京浜国道へ走ってゆく。

「どこへ行くの?」

まゆみは車を止めさせようと思って、スティーヴの厚い肩をゆすぶった。肩は頑固に動かなかった。まゆみの手がハンドルへ延びて、それを廻そうとすると、スティーヴは肱《ひじ》でかるくつきのけた。そして正面を向いたまま、突拍子もない大声の英語を、演説のように叫びつづけた。それは多くのくりかえしに充ちた異様な悲しい獣の歌のようであった。

「おねがいだから、黙って僕の行くところへ来て下さい。僕はあなたを愛しているのだから。……あなたは残酷で、僕をうんと苦しめた。僕はもうこれ以上我慢できない。神様だって、もうこれ以上我慢できない。僕はあなたを愛しているのだから。……僕を軽蔑しても、馬鹿にしても、唾を吐きかけてもかまいません。今夜だけでもどうか僕の我儘《わがまま》をきいて下さい。僕はあなたを愛しているのだから……」

車はだんだんスピードを増し、むこうから長い鉄材をいっぱい積んだトラックがやってくると、その鉄材がまっすぐこちらへ刺って来そうな気がした。小さなネオンがいくつも車のうしろへ流星のように飛び去った。

まゆみの胸は不安でいっぱいになって、窓から外へ顔を出さずにはいられなかった。するとと背後に、ヘッドライトであかあかと路面を照らして追跡して来る車がちらと見えた。車体は真紅であった。

『ありがたい、マリ子だわ。マリ子が心配して、ヘンリーをそそのかして、追跡《つ》けてくれているんだ』

戸じまり肝要

一

まゆみはマリ子の友情にすべてを委《ゆだ》ねた気持になると、急に力が抜けて抵抗の気力を失くしてしまった。自動車はなおも全速力で走ってゆく。スティーヴが大きな声でうたいだした。

「ゴーメナサイ、ゴーメナサイ」

むこうでは、まゆみがいよいよ怒ったと見て、照れかくしで冗談まぎれにあやまっているつもりで、そんな歌をうたい出したことがわかるのだが、この国辱的な歌をきいたまゆみの眉はピリリとふるえた。

「そんな歌よして！」

まゆみは鋭く叫んだ。スティーヴは叱られた子供のように大人しくなった。

ときどきまゆみは、ヘンリーの運転するマリ子の自動車が途中でほかへ行ってしまいはせぬかと心配で、何気ないふりをして、窓から首を出してうしろをのぞくのだが、真紅のポンティヤックは、護衛の尾行のように、同じ速度で、たのもしくあとをついてくる。まゆみには勝気なマリ子がヘンリーに下した命令と、それに唯々諾々たるヘンリーの様子が目に見えるようだった。

「まゆみの車をつけて頂戴！」

「はい、承知しました」

こんな調子だったに相違ない。

二台の新車は第二京浜国道をひた走りに走って、まだ灯の明るい横浜市へ入った。横浜市街はまるで日本の町とは思えない。単なるアメリカ色ということから言えば、横須賀には遠く及ばないが、焼けのこった古いビルディングのほとんどが接収され、装いを新たにし、その屋上にヘンポンと星条旗をひるがえしているのを見ると、ここは遠い昔からアメリカ人の町であったように思われる。アメリカの一地方の古い港市のような時代のサビさえ見られ、すべてが急ごしらえのケバケバしい英字の看板をつらねた横須賀の町よりも、一層外国の一劃《いっかく》へまぎれ込んだような気がするのである。

戦前の日本人はここの外人墓地だの、神戸の居留地だのに、ハイカラ情緒を見出し、それを売物にしたハイカラ小説家さえあらわれたが、今は現実そのもので、情緒どころのさわぎではない。情緒の域をとおりこしてしまったのである。

筆者の友人で、ジャズやダンスの大好きな男が、戦争の最中に、「チェッ、いつか日本がフィリッピンみたいにならねえかなあ」と、憲兵につかまりそうな言辞を口癖にしていたが、今や彼の宿望は果されたというべきである。

さて、横浜市内に入ると、スティーヴの車はスピードを落した。大きなビルの裏の自動車置場には、深夜のライトが晃々とともっている。きれいに整列した自動車たちは車体を鏡のように反射させて、寝静まっている。

街路をゆく人影は全くない。灯だけがいたずらに、軒先や玄関口や屋根に明るかった。

スティーヴの車は山下公園の方角へゆき、やがて、公園内の外灯が、木叢《こむら》の中を円く輪をえがいて照らし出しているのがみえる通りへ出た。公園全部が接収され、沢山のハウスが建ち並んでいるのだが、まだ灯のついているいくつかの窓もあり、夜干の洗濯物が木の間に白く海風にひるがえっていた。

二

ニュー・グランド・ホテルの前で、スティーヴは車を止めた。車を下りたスティーヴはすぐうしろにヘッド・ライトが近づいて来て、別の車が止まるのを見た。彼ははじめて気がついた。そこからヘンリーが下りて来るのをみとめて、目をこすった。信じられない面持だった。

ドア・ボーイが四人を導き入れようとして、ドアをあけて待っていた。

しかしホテルの前で二組の客は、女同士、男同士、別々に、何か話し合っていて、なかなかホテルへ入って来ない。ヘンリーはスティーヴにしきりに弁解し、まゆみはマリ子に感謝の握手の手をさしのべていたのである。

やがて男同士は仕様ことなしに、女二人を促してホテルへ入った。フロント・オフィスで、

「部屋ありますか?」

「二間おとなり同士の部屋がございますが、いかがでしょう。どちらも風呂《バス》つきでございます」

スティーヴは、ちらとまゆみの意向をただす目つきをした。まゆみがにっこりしてうなずいたので、彼は有頂天になってしまった。

男たちは、女の腕をとって、正面の古風な絨毯《じゅうたん》を敷いた階段を昇ってゆき、エレヴエーターの前に立った。

眠たそうな顔をしたボーイが、エレヴェーターの釦《ボタン》を押した。まゆみは、左右の古風なロビイを見廻したが、灯を消したロビイには、いくつもの黒い斑のある大理石の柱が佇《たたず》み、重々しい沢山の安楽椅子が、そこかしこに、不機嫌に眠っている獣のように、暗くうずくまっていた。

男二人は口笛を吹きながら、無邪気に、ゆっくりと四階から下りてくる指示板の針を見上げていた。

眩《まば》ゆいほど明るいエレヴェーターの箱が、四人の前にひらいた。

「さあ、どうぞ」

と日本語でスティーヴがまゆみを先に立てて乗った。

三階の部屋の前へ来ると、

「三〇八番と三〇九番をおとりしましたが、どちらでもお好きなほうに」

とボーイが鍵《キィ》をちゃらつかせながら言ってドアをあけにかかった。

そのとき、部屋の検分のために、女二人は先に立ち、男二人は閾《しきい》のところにいたのだが、まゆみはボーイに目じらせして、さっと鍵をうけとった。

部屋にあかりがつけられ、二つのベッドがくっきりとうかび上った。

「もう一つの方も見ましょうよ」

とマリ子が男たちを促して、そこを出るふりをした。ボーイが先に立ち、最後に女二人が一寸《ちょっと》ぐずぐずして後になった。マリ子がすばやくドアを引いた。まゆみが一瞬のあいだに鍵を宛《あ》てがって、手早く廻した。

ドアのむこうで、

「あっ」

というような間抜けな嘆声がきこえた。

女二人は、手に手をとって、ベッドのところまで行くと、いちどきに、ベッドにたおれて、クックックッと笑いころげた。

ドアはしきりにノックされている。

女二人は息を凝らして、一瞬シンとなった。

「大丈夫かしら。ボーイに合鍵かマスター・キイをもって来させて、あけて入って来ないかしら？」

とまゆみがいささか心配そうにきいた。

マリ子はすましたもので、この活劇のあとで、早速、ハンド・バッグからコンパクトを出して、悠々と顔を直しながら、

「大丈夫よ。二人ともせいぜい紳士ぶっていて、みえ坊だから、そんなこと、できやしないわよ」

まゆみはたのもしそうに、この真紅のドレスの友を見つめた。そして自分の白いスーツを見返して、軽く吹き出した。

「まあ、今夜この部屋の泊り客は、水引様ね」

「水引がしまっていて、箱があかないわけよ」

マリ子はこんなアバズレみたいな冗談を言っても、厭味にならない女だった。

まゆみが、

「本当に助かったわ。何てお礼言ったらいい？」

「お礼なんかいいのよ。ただこれから遅刻したとき、怒りっこなしよ」

「それとこれとは別よ」

「まあ、あなたってやっぱりしっかりしてるのね。……さっきね、あたし、スティーヴがくさいくさいと思ったのよ。きっとカンがはたらいたのね。自動車が動き出した

から、心配になってヘンリーにつけさせたの。そうしたら、あなた、車がとんでもない方向へターンするじゃないの」

「あたし、本当にどうしようかと思った。あなたの忠告をきいて、タクシーを拾えばよかったんだわ」

こんな話の最中に、壁一つとなりで、何か怒鳴り声がきこえた。二つの部屋の堺にドアがあり、ドアは鍵がかかってあかないようになっているが、そこから音が洩れるので、女二人は、ドアの隙間《すきま》に耳をあてた。

隣室におちついたスティーヴとヘンリーが口論しているのだった。お前がわるい、とか、いや、お前のせいだ、とか言い合っているらしい。

そのうちに、ドシン、バタン、と大へんなさわぎになった。物のこわれる音がした。

まゆみがフロントへ電話をかけた。

「もしもし……もしもし……、おとなりの部屋で、喧嘩かなんかはじまったらしくて大さわぎなの。何とかして頂戴。ええ、お隣って、三〇九番のほう……」

しばらくすると、さわぎは静まって、ボーイが入って行って何か言っているようだった。それからあとはイヤに静かになったので、二人は気味がわるくなった。

今度はマリ子がフロントへ電話をかけた。

「もしもし……もしもし……、三〇九番はどうなって？　え？……ウィスキイを注文して、二人で大人しく呑んでいる？　そう……どうもありがとう」

そして受話器をおくと、まゆみにむかって笑いながら、

「ヤケ酒ですって。ちょっと可哀想ね」

二人はベッドに腰かけて、酔いざましに、ナイト・テーブルの水を呑んだ。

「お風呂へ入って、……もう寝《やす》みましょうか？……疲れたわね」

三

あくる日は、めずらしく晴れた気持のよい朝だった。十時にスティーヴがまゆみのところへ電話をかけてよこした。

「もしもし、おはよう。きのうはどうもゴーメナサイ。僕が悪かったのです。これから、一緒に朝ごはんをたべて散歩に出ませんか？」

まゆみはアッケラカンとして、返事のしようがなくなってしまった。

「結構ね。これから支度をして、支度がすんだらお電話しますわ」

今度はヘンリーが出て来て、

「一寸マリ子をよんで下さい。……あ、マリ子サン？　おはようございます。ごきげんいかがですか。あなたの美しい朝の顔を、一秒でも早く見せて下さいね」

「バカね」

マリ子はプッと吹き出して、受話器をかけた。

——朝食がすむと、四人はホテルの屋上にのぼった。海風が強かった。眼下に山下公園の中央の庭が見下ろされ、四つの三角の花壇に囲まれた噴水の水が、風に吹きちぎられて、海の反対の方角の木立の下枝《しずえ》を濡らしていた。その噴水の丸池のほとりで、外人の子が二人、何かうつむいて一生懸命遊んでおり、掃除人夫が、散歩道にきれいに帚《ほうき》の目を立てていた。

そのむこうに港のさかんな活動が見られ、対岸はるか工場地帯が灰銀色に光っていた。港の海面を水すましのように、税関や海上保安庁のそれらしいモーター・ボートが走りまわっているのがみえた。

「ああ、いい気持」

まゆみはなびく髪を押えながら思わず言った。

「今朝のこの景色を、僕は一生忘れないでしょう」

スティーヴが耳もとでまじめに言った。まゆみの中に女らしいやさしさが生れて、彼のほうへ向けた彼女の笑顔には、いささかのトゲもない親友のような親しみがあった。

——それから四人はホテルを出ると、二台の自動車で港を見に行った。大桟橋の入口の橋のところに車を置いて、ぶらぶら桟橋を突端まで歩いた。

桟橋のコンクリートは初夏の正午の日をまばゆく反射させ、両側にとまった巨船の影が、細くくっきりと船体に沿うて印されている。その船の影の中を歩いてゆくことは、建物の影の中を歩くのとはちがう、ふしぎにロマンチックな感じがあった。なぜならその影は、明日はもはやここになく、一週間後には南国の港の椰子《やし》並木のかたわらに印されているかもしれないからである。

一方には淡緑の新しい英国の貨物船が、一方には万福士《ワンフーシー》と漢字で書き、van《ヴァン》 Heutz《ホーツ》とオランダ語らしい横文字を下に添えた古い大きな貨物船が碇泊していた。上の漢字は宛字であろう。甲板には中国人や白人の水夫が、うらやましそうに、四人の一行を見下ろしていた。その一人が何かわからない甲高い言葉で怒鳴ったので、まゆみがふと見上げると、その水夫の胸にかけている銀メダルと鎖がキラキラと光った。

四人は大桟橋の先端に立った。

『日本の港だというのに』とまゆみは考えた。『日本の船の少いこと！　今にこの港全部が日本の船で埋まる日がきっと来るわ。あたしはその日が来るまで、きっと生きてやるわ。死んだ五郎さんに代って、あたしがこの目でそういう日本を見てやるんだ』

しかしそのかたわらで、マリ子は、防波堤の門の紅白の灯台のかなたに見える水平線上の雲へじっと目をやりながら、無邪気な空想にふけっていた。

『来年はきっとアメリカへ行こう。アメリカへ研究に行かなければ、歌手は遅れるばっかりだわ。ナイヤガラへ行ってみたいな!』

男たちは、きのうの喧嘩はケロリと忘れたように、今度うちでポーカーの会をやるから来ないか、などと話し合っていた。

正午のサイレンがほうぼうで鳴りひびいた。

「あら、いやだ、空襲かと思ったわ」

とマリ子が叫んだ。

「ひゃあ! 空襲! 助けてくれ!」

ヘンリーが冗談を口実にマリ子に抱きついて、赤い鋭い爪で頰っぺたを引っかかれた。

——四人は桟橋の入口のところへ戻って、それぞれ車へ乗り込んだ。スティーヴが

ギヤーを引こうとすると、

「あ、ちょっと待って」

とまゆみは、その手を止めた。

一台の新型のタクシーが桟橋へ辷《すべ》り込んで来たのが、丁度まゆみたちと入れ代りに、その近くにとまって、港見物らしい男女の客を下ろしたのである。

女は、妖艶な狐のような感じのマダムで、厚化粧に隠しているが、車から下りてまともに日差を浴びた印象は、三十よりも四十に近い感じだった。豪奢な和服で、やたらに金ピカで、満艦飾で、あまり趣味はよくない。連れの男の方を見て、まゆみは、

「あ、ちょっと待って」

と言ったのだった。

それは同じ楽団シルバア・ビーチのピアニスト松原だった。このやさ型の色白の美青年は、薄色のダブルの合着に、連れの女の好みらしいややどぎつい紅色のネクタイを〆めていた。

二人はこちらに気付かないらしく、そのまま桟橋のほうへ歩きだした。

「どうしましたか?」とスティーヴ。

「いいえ、何でもないの、どうぞ」

そう言うと、まゆみは、気づかわしげに始動を待っているヘンリーのほうへニッコリ笑って、お先へどうぞ、という合図をした。昨夜と反対の順序で、二台の車は走り出した。四人は外人墓地へゆき、それから元町の商店街で、三十分も男を待たせて、いろいろえりごのみをして傘を買った。その間もまゆみは透明なプラスティックの柄《え》の傘をよりどりながら、心は実は傘の上にはなかった。

『あの女はだれかしら？　どうも人の奥さんらしい。松原さんはへんなことにならなければいいが……』

「きめた、これにしよう」

とマリ子がとん狂な声を出した。まゆみはどうでもよくなって、

「おそろいのにするわ」と言った。

「まあ、女学生みたいね」

男二人が早速金を払おうとしたが、独立不羈《ふき》の女たちは、軽く一蹴して、自分の財布をあけて代金を払った。

ジャズ・コンサート

一

ナイト・クラブ『ジプシイ』のギャラが十万円ふえて、月三十万円になったことは、「シルバア・ビーチ」の楽団員一同を大よろこびさせた。まゆみの功績がたたえられ、みんなは献身的ないいマネージャーをもったことを自慢にした。しかしドラムの工藤だけは、この話をきくと、顔を暗くした。責任を感じたのである。

『あのこすっからいスティーヴがただで十万円上げたわけはない』と彼は考えた。『何か交換条件があった筈だし、まゆみがそれを呑んだから、交渉が成立したにちがいない。しかしまゆみは、俺たち全部のために、身を犠牲にして十万円の値上げを獲得したのだろうか？　まゆみが進んでそんな汚ないことをするわけはない。あの「聖処女」が！　これは多分、まゆみがどうにも仕方のない窮地に追いこまれたからにちがいない。その責任と原因は、みんな俺にあるんだ。あの日、安子をスティーヴから離したさに、まゆみにスティーヴのお守りをたのんだこの俺にあるんだ。ちえッ、俺って、何てエゴイストだろう。まゆみのために取返しのつかないことをさせてしまった』

もともと一本気の工藤はこう考えると、居ても立ってもいられない気がしたが、そうかといって、そんなことを、まゆみに面と向って問いただすわけにはゆかない。彼が悶々の情にかられているうち、ある日、『ジプシイ』へ歌いに来た梶マリ子の姿が、彼の顔をパッと明るくした。

『そうだ、マリ子にきけばきっとわかる』

工藤は楽屋の廊下でマリ子をつかまえて、このデリケートな質問を試みた。マリ子の答は、呑気《のんき》なものだった。

「大丈夫よ。まゆみはあたしと一緒の部屋にねたのよ。カギをかけて」

「えッ？」

事の成行をきくと、工藤はよろこんで、癖で、ポケットから靴べらを出して、天井高く投《ほう》り上げてうけとめた。

「万歳！　そいつはいいや。その話、みんなにしていいかな」

「いいでしょ、別に。人にきかれて困る話じゃなし」

　その時、

「出の時間だよ。遊んでないで」

とスティーヴがコワイ顔をして、廊下をとおりすぎたので、二人は思わず顔を見合せた。笑いをこらえるのが苦しかった。

　マリ子のこの報告は、すぐ楽団員一同につたわった。

「よかったな。俺も実は一番それを心配していたんだ。十万円ギャラが上ったといって、まゆみが契約書を見せてくれたとき、まさかそんなこともきけなかったしな」

と年配のバンド・マスターの坂口はしみじみと言って、派手な紫いろのハンカチで、額の汗を拭いた。

　この話は、十万円昇給の報告より、実はもっと深く、若い楽団員たちを喜ばせ、元気づけた。かれらのどの一人も、そのとき、自分たちのまゆみに対する信頼が、マネージャーとしての手腕に対する信頼というよりむしろ、彼女の清らかさに対する信頼であることを知るのであった。

二

今年の梅雨は七月に入ってもなかなか明けなかった。例年なら梅雨のあいだにも、カッとした夏らしい日が、夏の序曲のようにはさまるのだが、今年はさわやかな筈の五月以来ぐずつきっぱなしで、いつまでもすねている女の子みたいな天気であった。北九州の大水害のニュースが不安を呼び、もしこのまま行けば、東京都心まで水びたしになりそうなニュースも撒《ま》かれた。

しかし一方、例年客足を海や山にとられる映画館は、夏枯れしらずでホクホクしていた。そこで、シーズン外れとはいいながら、若い人たちの熱狂的娯楽であり、もっとも安全な興行物でもあるジャズ・コンサートも、あいかわらずほうぼうでひらかれていた。

その晩の「夏のジャズ祭」と称するコンサートは、場内改装のため夏のあいだ休場する日比谷公会堂の、休場前の最後のジャズ・コンサートなので、前景気が大へんであった。一流バンド六つと、一流歌手五人が参加し、司会者は人気者のハニー・紙で、これは「はにかみ」をもじったのだが、「はにかみ」など逆さに振っても出て来ない男であった。シルバア・ビーチももちろん参加した。

五時半の開場時間が近づくころには、行列は日比谷公会堂の入口階段のところからはじまって、公会堂の二辺をとりまき、T新聞社に面した門のところから右折して塀外の歩道につづき、はるかモーター・プールのある曲り角のところまで、えんえんとつづいていた。しかもそれが二列の行列なのである。戦争中だったら、羊羹《ようかん》の売り出しとまちがえられたろう。行列は優に二千人をこえていた。

今日もどんよりと曇っているが、雨の来そうもないむしあつい午後で、上着を着ているお客は一人もいない。しかも十代、二十代の男女が圧倒的で、分別くさい顔は一人も見当らなかった。

辛抱づよく待っている彼らは、シャツ姿でわからないが、大方学生で、気軽に下駄をつっかけているのも多かった。女の子たちは、大てい色とりどりのプリントのスカートをはき、バスケット式手さげを下げていた。首根っ子に、恥かしそうにうんと小さく切った絆創膏をはった女の子もいた。チューインガムをぼんやり噛んでいる男の子もいた。なかには杖をつき、姉らしい人に手をひかれた盲目の学生もあった。

開場時間になったので、行列はゆるゆると、しかしあなどるべからざる戦闘的エネルギーをはらみながら、うごきだした。というのは中へ入ってから、人をおしのけて、いい席を確保する仕事がのこっているのである。

「いいな、ジャズ・コンサートは」と期待で胸をふくらませ、行列の移動の速度ののろさにじりじりして、下駄を踏み鳴らしながら、一人の若者が友だちに言った。「映画とほとんどおなじ値段でよォ、映画より長時間たのしめるんだもんな。それもよォ、生《なま》のミュージックをよォ」

階段の上の入口では、モギリ係りが金切声をあげていた。

「そんなに押さないで下さい。大丈夫、坐れますから。大丈夫ですよ!」

公園のそとには、整然と自動車がゆき交い、ラッシュ・アワーの都電が公園の梅雨時の鬱陶しい緑をとどろかせて通っている。そこかしこのビルの煙突からは、厨房《ちゅうぼう》の煙がかすかにゆったりと上っている。街は平常のテンポで動いていて、公会堂のなかの狂乱とは何の関わりもない顔をしている。

しかしコンサート開場時間の公会堂の内部は、二人ずつ入口をくぐると、脱兎の勢いで座席を求めて階段をかけ上る下駄の音や靴音が、石造りの四壁に反響して、殺気立っていた。開演十分前には、すでに椅子席は満員になり、不服そうにうしろに立っている人影がふえ出していた。

東京中からえりすぐられた三千人の青年男女が、開演を待って交わしている会話は、場内に青春の息がむんむんする熱っぽいどよめきをかもし出していた。扇子がわりにあおいでいる白い無数のプログラムは、風にいっせいに葉裏を返している豆畑のようにみえた。ここへもし爆弾を落したら、日本の未来の損失たるや、多大なものがあるにちがいない。

三

……その満員の聴衆の顔を、緞帳《どんちょう》のはじからのぞくのが、まゆみは好きだった。期待している人間の表情というものは美しいものだ。そのとき人間はいちばん正直な表情をしている。自分のすべてを未来に委《ゆだ》ね、白紙に還っている表情である。それがみんな若い人たちであるだけに、世間でかれらの熱狂をどう非難しようとも、政治家たちの議会の熱狂よりもどんなに清潔かしれない、とまゆみは思うのである。

『もう幕があくだけだわ』――そう思うときのまゆみは、いいしれない安らかなものを心に感じる。『場内は満員だし、稽古は十分積んだし、舞台の進行も、裏方への心附を他の楽団以上にはずんであるから心配がないわ』

――そのときふだんは呑気この上なしのギターの石川が、ニキビだらけの顔を妙に

こわばらせて、

「あ、まゆみ、ここにいたの？　大変だよ」

といきなり彼女の腕をつかんだ。

「なによ、一体」

「松原がいなくなったんだ」

「え？」

「さっきまでいたんだけど、どこにもいないんだ」

「知り合いのお客とでも話しているんじゃない？」

「そんなわけはないよ。シルバア・ビーチはプログラムの最初から二番目だもの。それとでウロウロしているひまはないよ」

「そんなこと、きかないでもわかってるわよ」

そう言いながら、まゆみはそそくさと歩き出していた。石川はオロオロしてあとをついてくる。

ひろい楽屋の中は各楽団雑居だったが、一つの丸テーブルを囲んで、バンド・マスターの坂口はじめ、立ったままあわてていた。

「どうしたのよ。誰も松ちゃんがどこへ行ったか知らないの？」

「そうなんだ」と又しても坂口は、ハンカチ道楽で百枚ももっているうちの一枚の、派手な緑いろの格子のそれで汗を拭いながら、「誰にも行先を言わないで消えるなんて、あいつ、どういう了見だ」

そこへあわただしく駈け込んで来たのが、まゆみの手なずけている中年の裏方だった。

「そこら中探したがわかりません。ところが、楽屋番のおばさんが、『松原さんなら、今、急用で電話がかかったから、ちょっと帝国ホテルまで行ってくる、と言い置いて、あわてて出ていらっしゃいました』って言ってました」

「そうだ、そ、そういえばさっき松原のところへ電話がかかったよ」と若禿のバイブラフォン弾きの本多が吃《ども》りながら言った。

電話……。

帝国ホテル……。

友だちの楽団員に行先を言わなかった……。

――この三つから、まゆみにはピンと来るものがあった。

「どうする？」と坂口は、「ハニー・紙にたのんで、順番をあとまわしにしてもらうか。……もしどうしてもかえらなかったら、ほかの楽団にたのんでピアノだけ代役に出てもらうか。……しかし、新曲で、ピアノ・ソロの大事なパートのある『ソルティー・ドリーム』を出すんだから、ほかの奴じゃできないだろう。畜生！　皆に迷惑をかけやがって！　いざとなれば、曲目をとりかえるか」

「ちぇッ、折角稽古をしたのに」とみんなが舌打ちをした。

「あいつもバカだよ、松原も」と坂口は、うなるように言った。「今からこんなダラシのないこっちゃ、折角出かけた人気がメチャクチャじゃないか」

「待って」とまゆみは目をキラッと光らせて、宙を見るようにして、言った。みんながシンとした。「あたし、何とかして探して、連れてかえってくるから。坂ちゃん、ハニーさんに話して、順番をおくらしてもらっといて。一時間たって、あたしがかえらなかったら、すぐ代役を交渉して、曲目を変えるなりして頂戴。三バンドで大体一時間だろ。それから休憩が一寸《ちよつと》あるでしょ。五番目ぐらいにおくらしてもらって頂戴」

　そう言いおわると、坂口の「よし来た」という返事をあとに、まゆみは身をひるがえして、楽屋を出て、露天の大階段を一さんにかけ下りた。あとのほうの順番のバンドが楽器箱をかかえて上ってくるところだったが、薄鼠の格子のスーツを着たまゆみが、ただならぬ面持で、あいさつもせずにすれちがうのを、怪訝《けげん》そうに見送った。

帝国ホテルはつい目と鼻のところだった。

まゆみは公園の生垣のそとの歩道をかけて、いよいよ車道を横切ろうというとき、

『こういうとき轢《ひ》かれるんだから、おちつかなくちゃだめだ』

と自分に言いきかせながら周到に渡った。

ホテルのフロントで、

「さっき、薄茶のセビロに赤い半ネクタイの若い人が来ませんでした？」

「は？　ああ、西部劇のような結び切りのネクタイでございますね、お若い方で」

と接客主任は、特徴のあるネクタイから、すぐ思い出してくれたのでホッとした。

「一六五番でございました。今、お電話してみます」と接客主任は卓上電話の受話器を手にとった。

「そちらに松原様という方がおみえでございましょうか？……は？……は？」

むこうの太い男の濁声《だみごえ》が洩れてきこえた。

「は？……いらっしゃらない。……さようでございますか。只今松原様に御面会の方がお見えになっておりまして……。は？」

まゆみは思わず大きな声を出した。

「たしかに一六五番へ案内なすったのね。それからかえったところは見ないのね」

接客主任は受話器を手で押えて、

「はあ、しかし、グリルのほうの出口もございますから」

主任が受話器を耳にあてると、もう切れていた。

まゆみは、事面倒と思ったので、ボーイの案内をたのまず、自分で一六五番を直接訪問しようと決心した。

「それじゃ、よござんす」——彼女は物馴れた微笑を返して、怪しまれないようにわざと悠々と、自分の家へ入るように、ホテルの中へ入って行った。

ぐるぐるまわって、ようやく一六五番がみつかった。

ノックする。答がない。又ノックする。答がない。ドアのノッブをまわすと鍵がかかっている。皮肉なめぐり合わせである。いつかスティーヴをドアのそとへしめ出した彼女が、今度は見知らぬ男から、しめ出されているのであった。

まゆみの救援

一

……まゆみは、自分をしめ出している戸の前になすすべもなく立っていた。165という数字を浮き出させた無表情なドアである。

『どうしたらいいんだろう。松原君はきっとひどい目に会っているにちがいないんだわ。でも他人《ひと》の部屋のドアを、合鍵であけてもらうわけには行かないし』

まゆみはイライラして腕時計を見た。例の南京虫と呼ばれる婦人用の小型の金側の腕時計は、無表情に時を刻んでいる。もう公会堂では最初のバンドの演奏がたけなわの頃である。

そのとき二三室むこうのドアがあいて、中年の恰幅《かっぷく》のよい米人があらわれた。渋いダブルの背広に身を固めた紳士である。米人は廊下をまゆみのほうへ近づいてくる。見ると、整った顔立ちに口髭《くちひげ》をたくわえ、いかにも正義派的で、しかも自分の威容を意識しているタイプの男である。

『この人にたのんでみよう』

とまゆみは思って、すぐ行動に移した。外人と見ると、却《かえ》って人見知りをしないのが、まゆみの性格である。

まゆみは流暢な英語で話しかけた。

「ちょっと、失礼ですけど、お願いがございますの」

「は?」

果して男は、口からパイプをとって、紳士的に立止った。まゆみの巧みな英語に愕《おどろ》いた風である。

まゆみは早口で一部始終を述べ立てた。自分が楽団のマネージャーであること、楽団員の一人がいなくなって幕があけられないこと、しかも彼はたしかにここにいるのだが、部屋の主がドアをあけてくれないこと、もし彼が女と一緒にいるのならドアをむりにあけるのは失礼だが、部屋の主は男であり、しかも彼の敵であるらしいこと

……。

「ふん、なるほど」

米人の中年紳士は、再びパイプを口にあてて、それを吸うでもなく、パイプの吸口でぎゅっと唇を捺《お》しながらうなずいていた。聞き終ると、一肌脱ごうという気になったらしかった。話の途中、ボーイが廊下をとおって行ったが、気にもとめない風で軽くお辞儀をして行き過ぎた。

紳士はうなずきながら、「ちょっと失礼」と言って行きかける様子を見せた。逃げられるのかと思ってまゆみはガッカリしたが、そうではなかった。廊下の一角にある灰落しのところへ行って、パイプの灰を丹念にはたき落し、なめし革のケースにパイプをしまって、それを内ポケットに入れたのであった。

「よろしい。私がやってみましょう」

紳士は堂々たる態度で、股を少しひらき、165号室の前に立つと、ワイシャツの白いカフスが目立ってせり出すほど手をあげて、トントンとノックした。部屋の主は、今度はとんでもない高いところからノックされたので、びっくりしたにちがいない。

紳士はしばらく耳を傾けて、返事がないと見てとると、今度は前よりやや強くドンドンとノックした。──まだ返事がない。

「どうしますかな」

「困りますわ。何とかドアをあけてくれなければ、あたくし、死んでしまいます」

「死ぬ？」

紳士は目を丸くした。日本へ来たてで、日本婦人に関する伝説をいっぱい詰め込まれているこの男は、本当にまゆみが懐剣を抜いて自害でもしかねない危険を感じたらしい。昂奮した紳士は正義派の血を満面にたたえて、白い肌が七面鳥みたいに色変りをして、真赤になった。

「よろしい」

彼はものすごい勢いでドアへ体をぶつけ、

「オープン・ザ・ドーア！」

と二三度怒鳴った。

その蛮声におどろいたまゆみは、給仕でも飛んでくると厄介だと考えたが、静かな廊下には別に人影がなかった。

さて、この正義派紳士の振舞は、少からず羽目を外したもので、まゆみがもう少し美人でなかったら、また、ここが日本のホテルでなかったら、部屋の主が日本人でなかったら、ここまで徹底的行動に出たかどうか、そのへんは甚だ疑わしい。

ドアの内側の懸金が外される音がした。

　ドアはかすかに内側へひらいた。

　五尺一二寸のでっぷり肥った禿頭の男が、上目づかいであらわれた。まゆみがいそいで外人のうしろへ身を隠したので、男の目にまゆみの姿は見えなかったらしく、外人に向って、

「なんですいな、えらい音立てて」

　と言った。正義派の紳士は、機関銃のような英語で、まゆみからたのまれた仔細をまくし立てた。男はいい生地《きじ》の背広を着て、上等の腕時計をはめ、その上ダイヤモンド入りの金指環まではめているが、英語はまるでわからないらしかった。そこで金歯でいっぱいの口をあけてニヤニヤお愛想笑いをしながら、揉《も》み手《で》をしてこう言った。

「そないガミガミ言わんかて、よろしがな。わてが悪かったら、あやまりますさかい」

　彼は軽いお辞儀を立てつづけに二つ三つした。

「けど、何の用や、けったいやな。何言うてるのかさっぱりわからん」

　そうしてやっとまゆみの存在に気づいたらしく、

「嬢《いと》はん、この異人、何の用でんね。お連れの人だっしゃろ。通訳してくれしめへんか」

まゆみは一策を案じて、外人に早口にこう言った。

「おそれ入りますけど、お急ぎでなかったら、五六分一しょに部屋へ入って下さいません？　おねがいですから」

外人がちょっと躊躇《ちゅうちょ》する風を示したので、

「黙って坐っていて下さるだけでいいの」

と言った。まゆみの美しさは功を奏して、紳士は騎士道精神にかられたものらしかった。

「オーライ」

まゆみは禿頭の男に向って、

「ちょっと中でお話出来まして？」

「外で話しましょうがな」

まゆみはドアのすき間から、奥の椅子に蒼《あお》ざめて坐っている松原の姿をちらりと見た。

彼女は外人の背中を押して、ドアのすき間からむりやり部屋へ入りこんで、うしろにドアをぴたりとしめた。

松原が、

「あ」

と小さく叫んで立上った。まゆみは青年の頰に涙が光っているのを見た。松原のかたわらの椅子には、いつか横浜の埠頭《ふとう》で見たけばけばしい和服の奥さんが、同じような蒼ざめた顔をして坐っていた。

二

まゆみはこの場の空気を直感して、外人を利用してうまく捌《さば》きをつける目算を咄嗟《とっさ》に立てた。

「こちら楽団の主事の方です」

とまゆみはバンドとかマスターとかの英語の単語を使わずに、うまく日本語ばかりで外人を、禿頭の男に紹介した。外人が荘重に軽く頭を下げて、まだ真赤な恐い顔をしたまま椅子にかけたのはおかしかった。もっとおかしかったのは、禿頭の男が懐ろからあわてて名刺を出して、外人とまゆみに一枚ずつ、平身低頭して名刺を捧げたことだった。見ると、

「大槻商事社長

大槻久左衛門」

と書いてあり、裏にローマ字で名が書いてある。

「何の御用だす？」

禿頭も椅子に落着くと、こう切り出した。

外人がまた英語で怒ったように、

「この未知の御婦人からのたのまれ事だが、貴下の理不尽な行動に対して、義憤を感じたからである」

とやりだした。まゆみはすぐ通訳して、

「主事が仰言《おつしや》るには、幕がもうあいているのに、松原さんをとじこめておくのはどういうわけです」

「はあ、そのことだっか？」と禿頭はずるそうな笑い方をして、「わけは松原はんの胸にきいてもらいまっさ」

と言った。まゆみは松原のほうを見たが、マダムも松原も神妙に目を伏せて坐っていた。

まゆみは声を大にして、直訳調で、

「ともかく理由をうかがいます」

と切り出した。禿頭は、しばらく躊躇していたが、

「泣く子と地頭には勝たれんいうが、アメリカはんやったら、今のまあ地頭や。しょうむない。恥をしのんで話しまっさ。……なあ、嬢《いと》はん、お宅の松原はんは家内と不義をしたんや」

まゆみの頬がさっと緊張した。

「前から怪しい怪しい思うてましたが、家内がしきりに用にかこつけて東京へ出る。松原はんと会うてましたんや。……いよいよ、けったいや思うて、人を廻してしらべてみたら、松原はんはお宅の楽団の方やそうな。ええ男やし、人気もあるし、女が追っかけまわすのんも無理やおまへん。わては今度のコンサートめあてに、今朝、大阪から上京して、家内の泊ってるここのホテルへ、いきなり顔を出しましたんや。家内はコンサートへ行くいうて、朝から仰山な化粧の最中や。わてもこうなったら、松原はんに責任とってもろて、コンサートの一つや二つ棒にふってもらお、と思うたわけや。先刻《さっき》、家内をおどしつけて、楽屋へ電話をかけさせたのはわてやがな。わてが洗面所へかくれて、松原はんが来るのんを待っとると、やって来て、家内の思惑も何もあらへん、部屋へ入るといきなりわての目の前でチューとキスしよるやないか。そのときわての出て行ったのを見よったええ男の顔つきいうたら、ほんまに見物《みもの》でっせ。

わて、早速ドーアに鍵こうて、今日のコンサートは、しらちのつくまであきらめてもらいまっさ、言うて、今、しらちをつけよるところや。よけいな差出口せんといてや。話は大槻家の内々の事件やで、あんたがたと何の関係あらしめへん」

まゆみは時計を見た。もうすでに三十分すぎている。彼女は女性の狡智のありったけを発揮するつもりで、この禿頭の男の可哀そうな復讐に対抗した。小うるさい人事の問題は、あとでゆっくり片附ければよかった。今や幕があき、舞台は即刻松原を必要としていた。まゆみの耳には競争者の楽団の、誇らしげなトラムペットの音が幻にひびいていた。もはや手段を選ぶわけには行かない。

まゆみは口早に、禿頭のセリフを通訳した。こんな自由奔放な独創的な飜訳というものはあるものではない。

「この男は、私の体と引換えに松原を渡すと言っています。ひどい侮辱ですわ。あそこにいるのはこの男の奥さんです。奥さんの前でこんなことを平気で言うなんて！しかも、松原と奥さんとの間を、ありもしないことで疑っているんです。その上こんなことを言いました。こんなでくのぼうのアメリカ人を連れて来たってこわくないぞ。松原を腕ずくで連れて出るなら出てみろ、って」

「本当にそう言いましたか」

「よし、それだけ言われれば十分だ。腕ずくで連れ出しましょう」

「どうかそうお願いします」

外人の紳士は威風堂々と立上ると、松原のほうへ近づいた。松原はびっくりして紳士を見上げた。紳士はムンズと青年の腕をつかんだ。

今まで黙っていた奥さんは、潤んだ大きな目をあげて外人を見た。細すぎる描いた眉が、淫蕩な感じを与える。かなり流暢な英語でこう言った。

「どうぞ松原さんを連れてって下さい。私も救われます」

松原はじっと奥さんと目を見交わした。

『本当に愛し合っているんだわ』

とまゆみはその時、慄然として直感した。

外人の紳士はどんどん松原を引張ってドアへ向って歩いた。大槻社長は、ちょっとその外人の腕にさわってみたが、よほど強そうなので、ふくれっ面《つら》をしながら黙って見送った。

外人とまゆみと松原の三人は部屋のそとへ出た。まゆみはドアから首だけさし入れて、

「どうも失礼いたしました。已《や》むをえない事情でございますので」

と言った。

禿頭は憎々しげに、

「パンパン女郎！」

と言った。このひどい罵倒も、場合が場合とて、まゆみには別に応えなかった。

廊下をいそいでゆくあいだも、

「松ちゃん、元気出さなきゃだめよ。舞台は大丈夫でしょうね」

「ええ、多分、大丈夫です」

美青年はうつむきがちに蒼い顔をしてこう答えた。

「多分、なんて、元気のないことじゃだめよ。埋め合せに、いつもの倍もいいプレイをきかせてね」

「ええ、頑張ります」

まゆみは帝国ホテルを出るとき、すでに薄暮の外灯が玄関前の睡蓮池を明るませているのを見て、何とはなしにほっとして、外人にこう言った。心中この外人にもずいぶんすまないことをした、と思いながら。

「本当にありがとうございました。おかげでたすかりました」

「いや、何でもありません。日本の男の非民主的な欠点が、あれですこしでもためられれば結構です。かよわい女性をいじめる気持は理解が行きませんな」

「どうぞ、もう結構でございますから、ここでどうぞ」

「いや、事件のあとでお疲れでしょう。公会堂までお送りしましょう」

「あら、そんなにしていただいては」

「よろしい。よろしい。私の名は、マシュウズと言います」

マシュウズ氏はとうとうついて来てしまった。

まゆみはすでに窓々の灯の目立つ公会堂の階段の前で、もう一度腕時計を見た。約束の一時間まで、まだ十分あった。彼女は、へんな後味のわるさを感じながらも、心からほっとした。

三

マシュウズ氏がまだ一時間ほど暇があるというので、まゆみは氏のために招待席を一枚都合して、表の人に席へ案内してもらった。氏はよろこんで、あいかわらず威風堂々と胸を張りながら、開演中の静かな楽屋のドアから、灯火にかがやく廊下へ案内されて行った。まゆみから簡略な説明をきいたバンド・マスターの坂口が、この恩人に丁重に礼を申述べたのはいうまでもない。

まゆみは、マシュウズ氏が、あのティーン・エージャアのあいだにはさまって、荘重な顔つきで甘いジャズをきいているところを想像すると、ちょっと可笑《おか》しくなった。と同時に、そんなことを考える余裕のできた自分にほっと安心した。

さて、開演時間がすこしおくれたので、休憩後の第五番目に順番を変更してもらった楽団シルバア・ビーチの出番には、まだ三十分ほど余裕があった。ピアノの代役も立てずにすんだ。

まゆみは沈みがちな松原の背中を叩いて、楽団員一同の前に彼を連れて行った。一同は急にわやわやと、

「おめえ、何してたんだ」

「あんまりつけ上るんじゃねえぞ」

「今からこんなこっちゃ仕様がねえな」

などと若者らしい乱暴な言葉づかいに、友情をこめて口々に怒鳴った。

「すみませんでした」

みんなとそろいの薄茶の背広に赤い半ネクタイの松原は、蒼ざめた顔をうつむけて、

素直に詫びた。

傍らに立ったまゆみの姿は堂々としていた。薄鼠の格子《チェック》のスーツの胸を張って、若い松原より二つ年上なだけなのに、子供をかばう母親のように毅然としたところがあった。

「みんな、何も言わないで頂戴。松ちゃんには、本当に已むをえない事情があったんです。みんなの誰でも、松ちゃんと同じ立場に置かれたら、仕方がなかったと思うにちがいないわ。そうして、松ちゃんにまるきり責任がなかったとはいえませんけど、みんなの誰でも、松ちゃんの代りにぶつかっていたかもしれない事件なのよ。だから、松ちゃんを責めることはできないと思うの。でも松ちゃんも二度とこんなことはしないでしょうし、みんなも仕事第一にしてくれることを信じているわ。……ただ、約束して頂戴。松ちゃんのことは何もきかないで、松ちゃんをゆるして上げるって。よくって？」

「ＯＫ」

と、まゆみに恩義を感じているドラムの工藤がまっさきに言った。

それにつづいてみんなも口々に、

「ＯＫ」

と言った。

「ありがとう」とまゆみがニッコリして言った。

「ええぞ、姐御」

と坂口が肩を叩いて、ニヤリとした。

「まず水を頂戴。咽喉《のど》がカラカラなの」

「OK」

まゆみはコップに注がれてきた生ぬるい水道の水を、こんなおいしいものは呑んだことがないような気がしながら、あおむきにグーッと呑み干した。

「さあ、練習するわよ。ドアをしめて頂戴。松ちゃんのために、『ソルティー・ドリーム』をやるわ。ぶっつけじゃ心配だから」

楽屋の隅には、いい具合に古いピアノがあった。

楽屋の稽古というのはきいたことがなかったが、誰も不服を言うものはなく、真剣だった。坂口もいそいでケースからテナー・サクスをとり出した。

「歌はどうするんだい」

「ゲストの歌手は舞台だぜ」

「いいわよ。あたしが歌うから」

「ホオ、ホオ、すげえぞ」

ギターの石川が、うれしがって口笛を吹いた。

この曲には歌のパートは少かった。かなり長い前奏のあとで、

海に溺《おぼ》れて助けられた二人が

生きかえって最初のキスは

塩からい！　塩からい！

涙のように……

と、まゆみが、低い声で英語の歌詞を歌い出した。……

四

まゆみは、シルバア・ビーチの出番になると、舞台の袖から、はじめのように、じっと客席をみつめていた。あれから実は一時間半しか経っていないのに、半日以上も経ったような気がした。

幕の前には、蝶ネクタイにコールマン髭にキザな眼鏡のハニー・紙が、大げさな身振と英語まじりの紹介でお客を笑わしていた。

「……さあ、では、ワンダフル・べらぼうめ大楽団シルバア・ビーチ、最初の曲はおなじみのドラム・ブギ！」

と彼が退場しながら手をあげるのを合図に、演奏がはじまって、幕が左右にひらいて行った。

「アラーッ」

「ウワーッ」

「キャア」

「ピューピュー」(これは口笛の音)

「ガタガタガタ」(下駄を踏み鳴らす音)

拍手、喚声、……野球とまちがえたか、制帽をふりまわして立上った学生が、またむりに坐らされた。それも忽《たちま》ちシーンとなって、工藤のドラムが、広い公会堂に蓄地の青空の下でのようにさえざえと響きだした。

五

……「ソルティー・ドリーム」での松原のピアノ・ソロはすばらしい出来栄えだった。人気歌手原田の歌も、ピアノに人気をさらわれた形であった。ふつう、ジャズでピアノは耳立たない陰の役者であるが、この曲は、ジャズ・ピアノの絢爛たる技巧が駆使されているのである。

ピアノの奏者は、背を向けて弾いているので、客席からは顔が見えない。まゆみの立っているところからも顔が見えない。まゆみはふと心配になって、舞台裏のコードのいっぱい引いてある床の上を、用心しいしい歩いて、松原の顔の見える位置へ行った。

松原の蒼ざめた頰には涙が光っていた。泣きながら弾いているのである。

『みんなの友情に感激して昂奮しているんだわ。やっぱり若いわね』

とまゆみは老成した観察を下した。しかし何か不吉な予感も感じた。今日の事件はとにかく割切りがわるくて、不透明だった。

楽団の二十分がすぎて、連中がゾロゾロ舞台からかえってくると、まゆみはみんな

に、

「御苦労様」

と声をかけたあと、松原のそばへ行って、

「よかったわよ。とてもよかったわ」

と言った。

「ありがとう」

松原は汗と涙を一しょに拭きながら、少したよりない微笑をうかべて、
と言った。まゆみは楽屋まで一しょに歩きながら、

「今日の事件はあれでよかったの？　後くされが面倒なようだったら、私、また出てよ」

「あれでいいんです」

「本当に大丈夫」

「ええ、大丈夫です」

松原はまだ胸襟をひらかないようなところがあった。まゆみは、楽団員の私生活には積極的には立入らない主義だったから、例の奥さんとの関係も、それ以上詳しくは訊かなかった。

——楽屋へかえってくると、楽屋口のところに、さっきのマシュウズ氏が、やはり銅像みたいに堂々と立っていた。まゆみに向って、丁重に微笑《ほほえ》みかけた。

「きいて下さいました？」

まゆみはせい一杯、愛嬌よくこう言った。

「ききました。大へんいいバンドだ。ピアノが殊によかった。私はお手助けの仕甲斐があったといわねばならない。私はすこぶるエンジョイした。シルバア・ビーチは、米国のスウィング・バンドと比べても、何ら遜色がない。おどろくべき技術的水準である。こういう音楽における技術的進歩は、戦後の日本の急速な進歩と立直りのエネルギーを実証するものだ、と思った次第です」

「まあ、ほめていただいて、光栄に存じますわ」

「そこでだが、あなたの楽団の今日の出場も無事にすんだようだし、あなたを今晩の食事にお誘いしたいと思うが」

まゆみはこの恩人の申出にハタと困って、

『そら、またおいでなすったわ』

と思ったが、とにかく延長戦に出るほか、防戦がむつかしいと計算した。

「あら、ありがとうございます。助けていただいた上に、御馳走までしていただいては。……でも大へん残念ですけど、今日はこれからほかのナイト・クラブへ行かなければなりませんし、あしたからはまた、四五日演奏旅行に出ますの。また東京へかえって来てからでもよろしゅうございまして？」

まゆみは今日自分のやったことが、日本政府みたいな遣口《やりくち》だと思ったし、マシュウズ氏はマシュウズ氏で、アメリカ人一般の例に洩れず、ＭＳＡ式なやり方だな、とおかしく思った。

「それは残念」

マシュウズ氏の白い頬はまた少し紅潮した。しばらく考えていて、こう言った。

「では次の食事の約束をしていただけますかな」

「ええ、お約束いたしますわ。来週の火曜の夕方でございましたら」

「では来週の火曜の夕方七時、Ｎ国際会館の六階のロビイでお待ちしましょう」

「まちがいなく伺います」

「こちらからもう一度御連絡いたしますが、連絡場所の電話番号を教えて下さい」

まゆみはいつも下げている手提から、営業用の名刺を出して渡した。「ジプシイ」の、事務室の電話番号が書いてある。

「ほう、ジプシイ……」

マシュウズ氏ははじめてきいた顔つきだったが、外人でこのナイト・クラブを知らないのは、よほどの新顔である。

「ニュウ・ヨークにもリトル・ジプシイ・クラブというジプシイ音楽とショウをやるナイト・クラブがありますよ。ではまた、そのとき」

「今日は本当にありがとうございました」

紳士は握手の手をさし出したが、その掌の感触はカサカサして、相当な年齢を思わせた。マシュウズ氏は、階段のまんまんなかを堂々と下りて行って、葉かげと外灯の明りの交錯しているところに立止ってふりかえり、階段の上で見送っているまゆみのほうへもう一度手を振った。

六

……さて、まゆみの救援は功を奏し、別にいざこざはその後起らなかった。すべてがそのままますみそうに思われた。

マシュウズ氏に演奏旅行と言ったのは、実は大した大旅行ではなく、近県の二三の米軍キャンプへ演奏に呼ばれているだけだったが、それをとどこおりなくすましてかえってくると、マシュウズ氏との約束の日まではまだ二日あった。

楽団シルバア・ビーチが、旅の疲れを休めるために、一日休暇をとり、前の晩からそれぞれ好きなところへ散らばってゆけたのは、ジプシイが場内改装で今晩まで休場するからであった。

まゆみ一人はそれでもバンドの秋のスケジュールのことで、米軍将校クラブで用件をすましてから、一人有楽町へんをぶらついていると、夏らしいカーッとした日ざしの中を、サン・グラスをかけて、肩まであらわな派手な縞のワン・ピースを着た女に、遠くから、

「オーイ、まゆみ」

と呼ばれた。見ると歌手の梶マリ子であった。まゆみも思わず快活な口調で、

「どうしてるのよ。しばらく会わないわね」

「会わないって、そっちが用がないと、電話もくれないくせに。この間は命を救ってあげたのに」

「ごめん、ごめん」

「御恩を忘れると承知しないわよ」

マリ子はキュッとまゆみの夏服のあらわな腕を抓《つね》った。

「痛いっ！　あとがついちゃうわ」

「植疱瘡《うえぼうそう》をしてあげたのよ。本当の疱瘡にかからないように」

「ハイ、どうもありがとう」

「そんなに素直になることないわよ。まゆみらしくないから」

二人はこんな軽口を叩きながら、いつか同じ方向に肩を並べて歩いていた。街は急に塗りかえたように白いシャツの洪水であった。見上げると新しいビルの多くの窓ガラスが烈しい日光を反射して、目がクラクラした。ところどころに、わざと店内を薄暗くして、休業中みたいにぴったり陰気にガラス扉《ど》を閉めて、「完全冷房」を売り物にしている店があった。

「どこへ行くの？　またるり屋？」

「ええ」

「ああ、あたしもほしいイヤリングがるり屋にあったんだ」

「だから一緒に行きましょう」

二人は日米合弁資本で建てられた巨大なN国際会館ビルの重いガラス扉を押した。

内部は冷房でひんやりしていたので、わかり切ったことをいうのが人間の常で、

「おお、涼しい」

と二人の活発な女は言い合った。

地階へ下りると、蛍光灯にまばゆく照らされた外人向商店街が向い合って並んでいる。写真器店、てんぷら屋、銀器店、生地屋、家具店、……ここの舞台装置みたいな商店街は、みな小さい店だったが、面白いことに、中途半端な日本趣味の外人目当の店と、中途半端なアメリカ趣味の日本人目当の店とが、せり向って軒をならべていた。その一端に、まゆみがいつもイヤリングやブローチなどの服飾品を買うるり屋があった。そこへ行くと新しいデザインの品がいつも出ていたのである。

店の入口の飾窓《ウインドー》で、星形のや新月形のや、コスモスを象《かたど》ったのや、お寺の軒のようにやたらにチャラチャラといろんな光り物をぶらさげたのや、イヤリングの各種をのぞき込んでから、店の中へ入って行った二人へ、まゆみの懇意な女店員が、ニコニコしてこう呼びかけた。

「あの、十分ほど前、マスターの坂口さんからお電話で、銀座の××××番へ、すぐお電話下さるように、って言っていらっしゃいました」

「まあ、どうしてかぎつけたんでしょう」

「なんだかとてもいそいでいらっしゃいました。まゆみさんのいらっしゃりそうなところへは、全部お電話したそうですわ」

「そう？」

「なんだい。また坂ちゃんのせっかちだよ」

と、マリ子はのんきそうに言ったが、まゆみは、これをきくと、何故かふいに胸さわぎがした。

愛の地獄と天国

一

るり屋のカウンタアの真珠色の卓上電話で、まゆみは教えられた番号をまわすと、女の声が、むこうから、

「まゆみさんですか？」

と言った。

「まゆみですわ」

「ちょっと坂口さん、まゆみさんよ、まゆみさんよ」

そう叫ぶ声に、「おう」とこたえて、坂口が電話口へ出て来ると、強いていつものガラガラ声を落着けて、おだやかにものを言おうとしているのが、まゆみにはわかっ

た。

「まゆみかい？　実はね、ちょっと面倒な事件が起きたんで君を探していたんだ。心配しないように、先に言うが、第一に、君の御家族の問題じゃない、第二に、命には別条がないらしい、ということだ。わかったね。……実は松原が心中未遂をやらかしたんだ」

「えッ」

「それでね、場所は熱海だ。女も命は取止めた。二人とも熱海の病院にいる。……そこでだ」と坂口が唾を呑み込む音がした。「松原の両親は四国だし、東京に身寄がない。君と二人でとりあえず見舞に行こうと思うがどうだろう」

「いいわ。ぜひ行くわ」

「それじゃあ、あと三十分で熱海行の湘南電車が出る。君をそこへ迎えに行って、一緒に東京駅へ行こう。いいね」

「いいわ。国際会館の正面玄関の前にいますわ。……ありがとう」

まゆみは電話を切ると、事件そのもののショックよりも、坂口の心づかいが身にしみた。これはふしぎな心の動きというべきで、女というものはそれだけエゴイストなのかと、まゆみをして反省させたほどである。坂口の電話は、妻子を持った中年の男の本当の頼もしさとやさしさに満ちていた。余計なことは一つも言わず、まゆみのショックを少しでも軽くするために、万全の注意を払った電話であった。

「どうしたのよ。まゆみ。あなた真蒼《まっさお》だわ」

まゆみは黙って、マリ子のさし出す手につかまった。その手は、綱渡りの女が綱の上で握手する手のように、心の平衡を取戻すために、おそろしい重みと慄《ふる》えをもってマリ子の手にのしかかった。

「どうしたのよ、まゆみ」

まゆみは女店員にもきこえる声ではっきり答えた。不名誉も忘れて、人に打明けたいという奇妙なはげしい衝動を感じたのである。

「うちの楽団の松原君がよその奥さんと心中未遂をやったのよ」

「まあ」

るり屋の女店員とマリ子は同時に叫んだ。

「それでこれから私、熱海へ行くの。マリ子おねがいだから一緒に来てよ」

気のいいマリ子は折角のたまの休日を、すぐ友のために犠牲にする決心をした。

「いいわ」

「ありがとう」

「あたしって、妙にあなたの危難に居合わすのね。縁起がわるい人間なのかしら、あたし」

「救いの神なのよ」

「というより保母だわね」

とマリ子が言った。

二

熱海までの電車の中で、黙りがちなまゆみを、坂口とマリ子は強いて陽気そうに慰めた。坂口は持ち前のガラガラ声をわざと発揮したし、マリ子はまるでパンパンみたいなふざけ方をした。こんな不幸な一行とも知らない二等車の乗客は、時々三人のほうを眉をひそめて見た。

「まゆみが責任を感じることはないじゃないか。君は楽団みんなのためを思ってしたんだし、それに今度の心中だって、行くべきところまで来ただけの話で、何もこの間の帝国ホテルの事件が原因じゃないよ」

坂口がコールマン髭《ひげ》の口をとがらせて、抗議するようにそう慰めた。

「そうよ、当り前だわ。まゆみって自分の責任を重く見すぎるのよ。そりゃあいわばあんた自身の過大評価よ。誰もあんたをそんなに偉いと思ってやしないわよ」とマリ子の慰めは妙な脱線の仕方をしたが、更にもう一段脱線して、「今年の夏って、お天気の日はきょうがはじめてみたいね。雨ばかり降って何よ。バカにしてるわ。それはそうと、ビニロンのレインコートって、暑いときは、内側に汗をびっしょりかいて、洋服が台なしね。……ああ、きのう、あたしのうちの鼠が猫を二疋とったわ」

「えッ」

「あら、ごめんなさい。まちがえた。うちの猫が鼠を二疋とったの」

「へえ、すごいニュースね。そのニュースなら、きのうの晩、有楽町の電光ニュースで読んだわ」

やっとまゆみの口がほどけて、いつものそんな冗談のやりとりがはじまった。しかしまゆみも坂口も、十分おきに申合せたように腕時計を見ずにはいられず、うわべだけの冗談は沈みかかる心を、却《かえ》って際立たせる役にしか立たなかった。

やがて窓からはきびしい西日が射しはじめた。まゆみはコンパクトを出して、パチンと蓋《ふた》をあけた。そのとき鏡が、まともに反射してまゆみの目を射た。彼女は神経質に顔をそむけて、また蓋をあわてて閉めた。

『心中……心中未遂……死……三角関係』

そういうおそろしい地獄の言葉が、まゆみの脳裡にひびいていた。それらの言葉の意味する本当のところは、まだまゆみにはわからなかった。

熱海へ着いた時は、すでに薄暮であった。ゴルフの道具を肩にかけた重役たちのあとについて、あかあかと灯したプラットホームに降り立つと、まゆみはもう一度マリ子の手をきつく握った。

「いつもの気丈なまゆみにも似合わないわね」

「何だか私怖いの。松ちゃんの顔を見るだけで、倒れてしまいそうに怖いのよ。あの二人はたしかに愛し合っていたわ。愛し合って、一緒に死ぬなんて、私そんな世界を想像するだけで、それがひどく醜くても、ひどく美しくても、何だかぞっとするような気がするの」

「女学生だね、まるで」

言葉は乱暴に、まゆみの腕を支える手は大そうやさしく、マリ子は坂口のあとをついてプラットホームを大またに歩いた。電車はまだ停車していた。ホームの洗面所で顔を洗ってから、どういうつもりか大きな音を立ててウガイをしている頑固そうな老人が、すぐそばをとおる美しい二人の女を、馬のそれのような血走った横目で丹念にながめた。

三

——その晩の終電車でまゆみは荻窪の自宅へかえった。

家は、空襲で中野の家が焼けてから、終戦直後に買った四間の小さな家だった。ここらは焼け残った古い中流以下の住宅街である。どの家も大そう古く、空襲中とりはらわれた石塀や板塀のあとに、粗末な生垣がめぐらしてある。それでどの家も、路から、そのせまい庭と灯をともした家の中がよく見える。芝生のある庭なんぞほとんどなく、土の上にこわれた屋根瓦でかこった、勤め人の日曜日の手すさびの花壇があり、裸の昼寝姿も見え、またある家の応接間からは、ドレミファの、ドとミのこわれてきこえない妙なピアノの演奏がきかれる。

まゆみの家の前まで車は入らなかった。タクシーを下りると、まゆみは路地へ入って、形ばかりの小さな石の門柱の外側から、窓をあけはなして、まだ母親の起きているらしい家の中を見た。

玄関の格子戸をあけると、その音で母が小さい姿を玄関口へあらわした。酷暑のさなかにも、決してアッパッパなんぞ着ず、きちんと着物を着ている母である。

「パパは？」

「もうおやすみだよ」

と母はひそひそ声で言った。

まゆみが玄関のうすくらがりから、明るい茶の間へ上るとすぐ、

「おや、ひどくきょうは疲れているね。顔色がわるいよ」と母は言った。

「ええ」

まゆみはあらわな胸がすこし日焦けのしたワンピースの姿で、畳の上へ横ずわりに坐った。

茶の間は、家の外観の貧しげなのに比して、まゆみの稼ぎで、新型のラジオや、新しい茶ダンスや、うすみどりの扇風器などに豊かに飾られていた。母は台所でコトコト音をさせていたが、やがて、大きく切った西瓜《すいか》を皿にのせてもって来て、なめらかにまわっている扇風器の前のチャブ台に、それを置いた。

「扇風器の前においておくと、早く水分が蒸発しやすいから、さっさとお食べ」

母はこんな妙な「科学的な」理屈を考え出すのが、むかしから上手である。まゆみは子供のとき、ホウレン草がきらいだったが、それをむりにもたべさせる母の口実は、

「ホウレン草は、脊髄を刺戟して、早く大人になれる効目があるのだから、お食べ」という、自分で発明した理屈であった。そんなことを言われては、脊骨がホウレン草色になるようで、かえって気味がわるくてたべられはしない。

「今夜は夜になっても暑いのね。高気圧が低迷しているんだね」と母が言った。

まゆみは西瓜に手をつけながら、

「でもあしたは、またきっと雨よ。雲が夜になってふえて来たわ」

まゆみは二匙《さじ》三匙、西瓜に手をつけて、やめてしまった。

「まあ勿体ない。じゃああたしが食べよう」

母はそばから引取って食べはじめた。

まゆみはうつむいて坐っていたが、扇風器を急に止めて、額に手をあてて、

「ああ、頭がグラグラするわ」と言った。

いつも快活なまゆみを見馴れている母は、びっくりして西瓜の種子《たね》をはじき出している匙の手を休めた。

「何か病気じゃないのかい？」

「ううん」

「何か精神的な悩みがあるのかい？」

「きょうね、ママ、うちの楽団の松ちゃんが心中未遂をやったの。私、坂口さんやマリ子と熱海まで見舞に行って来たの」

「えッ」

母はまゆみの動揺にどう処していいかわからなかった。

「まあ、そうしてどこの女の人と」

「それがよその奥さんとなの」

「まあ」

「二人とも助かったんだけど、病院に病室が不足で、たくさんのベッドと並んで、二人のベッドがあるの。あたしたち、どうしていいかわからなかった。二人とも、じっと天井をみつめているきりなの。警察の取調がすんで、一段落ついてからは、何を話しかけても、返事をしないんですって。私が松ちゃんの手を握ったら、はじめて『すまない、皆に迷惑をかけて……ボクはバカだ』って言って、泣き出したの。そうしたら、となりの奥さんも、ワッと泣き出すじゃないの。私、たまらない気持になったわ」

「のんきな人たちだね」と母親は事もなげに、「今時、生活難で、みんな苦しんでるときに、色恋で心中だなんて、バカバカしい。新聞によく出る哀れな一家心中の話には貰い泣きをするけど、そんな心中には何の同情も起きないやね。そういう連中は、きっと、頭に来てるんだよ。さもなければ、何か、ヴィタミンの調子が狂ってるんだよ。……考えてもごらん。あんたなんか決してそんなことはできませんよ、まゆみ。お父さんはああして半身不随で寝たきりでいなさるし、私はお父さんの看護婦同然だから、まゆみが家の面倒を見てくれるほかはないんだからね。人間、シャンとしていなければならないとなると、シャンとしているものですよ。あんたは絶対大丈夫。私が太鼓判を押すよ」

「あたし、自分のことを心配したりしてるんじゃないのよ」

「そりゃあ松原さんもお気の毒だよ。でも私にとっちゃ、あんたのことのほかに本当の心配ってないんだものね」

母親の断言は、ちょっと利己的でもあり、無理に自分を安心させようとしているところもあったが、その妙に現実的な断定の仕方が、今のまゆみには大そう救いになった。

『あたしなら大丈夫だ！』

今はじめてそういう観点に立って、今日の事件を思い出してみると、やっとまゆみは安定を得、誇りがよみがえって来るような気がした。

「それで松原さんはどうするの、これから」

「もう二三日入院して恢復したら、四国のお国へかえって、一月ほどぶらぶらして、気持が落着いてから、また楽団へかえって来るって言ってたわ」

「女の人のほうは？」

　まゆみははじめて微笑した。

「かえりがけに松ちゃんが私の耳に口をつけて小声で打明けたの。なんだか、すっかり狐が落ちたようで、恋はもうおしまいだって言っていたわ」

「なるほどわかった。あんたはその一言をきいて、何だか世の中がわからなくなって、頭がグラグラしだしたんだね。本当に子供だよ。まゆみは」

　まゆみは日頃見当外れな母親のこの炯眼《けいがん》におどろいた。

四

　母がさきに父の病室へ入って寝てしまうと、戸じまりをたのまれたまゆみは、外出着も着かえずに、まだ茶の間にぐずぐずしていた。興奮がさめなかったのである。あたりを見まわして、まゆみは流行の筥型《はこがた》の白いハンドバッグから、恋人の写真をとり出した。それをチャブ台の湯呑茶碗に立てかけて、置いた。

二十歳《はたち》で死んだ初恋の青年の名は、写真の裏側に、稚拙な墨の字で大きく丸山五郎と読まれた。まゆみの一家が疎開して別れるときに、彼の死の半年前に、くれた唯一の形見がこの写真であった。

丸刈りの青年は、口をきりっと結び、切れ長の、すこし吊り上った目を爛々と光らせている。お国名産の久留米《くるめ》絣《がすり》の衿元をキチンとあわせて、相手に決闘を挑みそうな、烈しい清潔な表情をしている。

まゆみはじっとその目を見て、微笑《ほほえ》んだ。

「おやすみ、五郎さん。あなたよくそう目をあけつづけていて、眠くならないのね」

まゆみは弟に教えるように、自分の深い睫《まつげ》の目をとじてみせた。すると戦時中の初恋の思い出が彼女の胸に鮮かによみがえった。


……………………。

まゆみの父は、一人娘を浅田英学塾へ入れるほどの進歩的な父親だったが、自分は無学で、一代で叩き上げた朝日奈芸能社の社長であった。鳶頭《とびがしら》の娘で、男をアゴで使うことを何とも思わない母を細君にもらって、夫婦力をあわせて築き上げたその芸能社は、ありていに言えば、芸能ブローカアの一種にすぎなかった。しかし、やくざの親分の副業とも見られがちなこの仕事に、朝日奈義介《よしすけ》は持ち前の近江《おうみ》商人の腰の低さと抜け目のなさと堅実さを持ち込んだのであった。多くの漫才師や講釈師や若い新傾向の落語家や流行歌手や楽団が彼の傘下に集まった。敗戦直後、義介が脳溢血で倒れると、冷淡なこの社会の人たちは、忽《たちま》ち義介を置き去りにして、四散したのであったが。

戦争が烈しくなると、朝日奈義介は、軍に積極的に協力して、産業報国会の役員になり、国民服を着て、各地の陸軍病院や軍需工場を、慰問芸能団をひきいて廻った。

まゆみは昭和十九年の春のその日のことをまだありありとおぼえている。

中野の家は駅のすぐ近くにあって、洋館を事務所に使い、日本館を自宅に宛《あ》てていた。まゆみは悪趣味だが前庭に小さなコンクリートの丸池のあるその家を愛していた。門を入って池をめぐる砂利道をとおって、朝日奈芸能社という大きな表札のかかっている医院のような玄関に出るのであるが、事実その家の前の持主は内科医で、玄関の投薬口がそのまま受付の窓口に使われていた。

桜のそろそろ盛りをすぎかけた明るいその日までは、帝都空襲はまだ小規模のものが二三度あっただけにすぎなかったが、来年の桜がまた見られるかどうかは誰にも不安で、そのため日本館のほうの庭にあった二三本の桜の花ざかりの美しさを、まゆみはその春ほどしみじみと味わったことはないような気がした。

まゆみは浅田英学塾の学内工場から、ズボンに制服の上着の姿で、中野駅を下りて、家へかえって来た。

そのとき門のあたりをウロウロしている一人の若い男が目にとまった。戦闘帽をかぶり、国民服を着て、ゲートルを巻いた、防空演習のような装《なり》をしている。目が強く、鼻筋がとおって、凜々《りり》しい顔立ちである。

年恰好《としかっこう》は十八九のその男が帽子をぬぐと、まゆみに一礼して、切口上でこう言った。

「朝日奈芸能社はどこでありますか？」

まゆみはクスンと笑った。

「ここですわ。表札は奥にかかっています。ほら」

男の芸人の出入りが多くて、男の扱いに馴れたこの少女は、奥の玄関を指さすその仕草まで、一向にこだわりがなかった。

「あ、そうですか」

少年は真赤になって、一直線に門を入った。砂利を踏みしめる靴音が、いやに真剣にひびいた。まゆみはそのあとを入った。少年は一度ふりかえって、少女が入って来るのを訝《いぶか》しく思ったのか、もう一度、

「どうもありがとうございました」

と、「とう」にアクセントをおく九州訛《なまり》で言って、頭を下げた。

「ここ、あたしの家なの」

まゆみは立止って、肩から下げている防空鞄を、体の前へまわして言った。

「は？　あ、そうですか。実は、私、こういうものですが」と、ポケットに用意していたらしい、角の折れた名刺をさし出して、「若輩の身を以て、今日、塾を代表しておねがいに上りました」と言った。見ると、

宮原大東亜塾々生

丸　山　五　郎

と書いてある。

「何の御用ですの？」

まゆみは眉一つ動かさず、じっと少年の顔をみつめながら訊いた。羞恥がなくて、汚濁もない少女の顔ほど、少年を戸惑わせるものはない。まゆみはその長い睫の目で、まっこうから人を見る癖があった。少女の唇は春の夕方の光りの中でつややかに光っ

て、微笑するでもなく軽く開けている。その頬には、だんだん暮れてくる光りが縁取っているような、仄明《ほのあか》りに似た生毛《うぶげ》があった。

あのとき、まゆみはどんな気持で五郎をながめていたかおぼえていない。ただ熱烈な好奇心はあった。別種の動物をじっと見つめるときの熾《さか》んな好奇心はあった。少女の冷たいような無表情は、彼女自身のそういう好奇心に強いて抗《あらが》っていた表情だった、といえるかもしれない。

少年は目を外《そ》らしていた。そして、いきなり、教えられて来た口上を、大声で述べ立てた。

「実は、今度われわれの宮原塾は、開塾十周年記念日を迎えることになったのです。そこでわれわれ塾生は、宮原先生を囲んで、お祝いの会をやることになったのでありますの内輪の会ですし、時節柄、すべて自粛を旨としますが、先生は、講談と落語が殊の外お好きなのです。そこで、われわれ塾生が相語らって、講釈師と落語家を特に招いて、先生をお慰めすることにしました。講談のほうは堀部安兵衛か荒木又右衛門の話がいいのであります。落語のほうも、なるたけまじめな、日本精神に沿ったものがいいと思います。……」

「ああ、そんなら、宝屋岳陵さんの講談がきっといいですわ。それから落語は、権之助さんなんかどうでしょう」

——二人が砂利道に立ったまま、このごくまじめな会談をつづけているうちに、急に洋館の窓がギーッとひらいて、まゆみの父が顔を出した。

「どうした。まゆみ、お客様かい」

「ええ」

「はやくお通ししなさい。さあ、どうぞこちらへ」——若い客と見ても、朝日奈義介は腰の低い態度で、愛想笑いをした。「こんなところから御挨拶をして失礼いたします。さあ、どうぞおとおり下さい。娘はこのとおり、頭のいい娘ですが、御用命はどうぞ私へ」

少年は急に勢いを得たように、

「はっ」

と言って玄関へ入ってゆこうとした。それから振り返って、まゆみにもう一度まじめなお辞儀をした。

「はい、お父さん」

とまゆみは窓へ手をあげて、五郎の名刺を手渡しながら、少年のほうへにっこりと会釈をした。

まゆみはそれから枝折戸《しおりど》を押して、桜の散り敷いている庭へ入った。庭の縁に腰かけて、まだ靴も脱がないで、近ごろ作った防空壕の、掘りかえされたばかりの鮮かな赤土に、散った花片《はなびら》が点々と貼りついているのを見た。

「お母さん、お客さまよ」

とまゆみは言った。

「おかえり。それじゃ、早速だけど、お茶をもって行ってくれるかい？」

「ええ」

あのとき、お茶をもってゆくのにあわてて着かえた真紅のスウェータアをまゆみはおぼえている。スウェータアは家と一緒に焼けてしまった。たとえ今残っていても、十七歳の少女のスウェータアをまだ着ていられるわけではない。

五

……まゆみの回想はなおつづく。

お茶をもって行って二度目に入って行ったときは、一言もお互いに口をきかなかった。

やがて五郎は帰った。

その晩の食事の時、五郎の話題が出ると、父はこう言った。

「忠君愛国もいいが、俺も忠君愛国じゃ人後に落ちんが、ああコチコチになると、ちとどうかと思うね。宮原天祐という塾長は、右翼ボスで、神がかりみたいな男らしい。毎晩夢でお伊勢様へ参詣してる、というんだが、夢なんて証拠にのこりやしないし、大体、毎晩おんなじ夢を見るやつがあるもんかね。お伊勢様詣りの夢を見たあくる晩には、天ぷらをたらふく食った夢を見ることもあるじゃないか。とにかく満洲から北支を歩き廻って、特務機関ともいろいろ連絡のある男らしい。

親分はそれでいいが、今日やってきた小僧っ子みたいな純真なやつが、親分の感化ですっかりこりかたまっているんだから怖ろしいよ。第一、日本精神を発揮した落語なんて、あるかいな。熊さん八つぁんも日本精神にちがいないが、あの小僧っ子が、笑いもせずにそんなことを言ってくると、こっちだって考えちまう。大いそぎで乃木大将をタネにして新作落語を作るかな」

「バカだね、お父さんも。そんなことをしたら縛り首ですよ」と母が言った。

まゆみは笑って両親の顔を見比べていた。

丸山五郎は、十周年祝賀会の当日まで打合せに二三度来た。ふしぎにいつも、最初と同じ時刻にやって来た。しかし帰宅の時間がおそくなる日のまゆみは、かけちがって会えないこともあった。そういう晩、まゆみは何かさびしさを感じた。それっきりで五郎は二度と来ないような気がしたからである。

そのうちにその祝賀会はすみ、五郎はもう朝日奈芸能社を訪れる用事がなかった。

五月のある日、まゆみの英学塾の学内工場のそこかしこにビラが貼られた。

宮原天祐先生講演会
演題『神《かん》ながらの道と婦道』
八日午後三時より講堂にて

この講演会にはいろんな噂があった。当時まで伝統ある「浅田英学塾」の校名を頑固に守ってきた校長が、校名問題でいよいよ責任をとらねばならないことになって来ていた。というのは、新聞に宮原天祐の随想が載り、「浅田英学塾」というが如き、自由主義的な敵性校名は、即座、「浅田烈婦塾」と改めて、前非を悔い改めろというのであった。学校の幹部は容易ならぬ事態が来たのを悟った。そこで宮原先生の御意見拝聴という逆手に出て、手づるを求めて手に入れた一升の酒を持参して、講演をたのみに出かけたのである。

「こんな講演つまんなそうだわ」

「宮原って学校の名前にケチをつけたやつでしょう。こんなやつの講演なんかきいてやらない」

「でも、きかないと今日の作業をずるやすみしたことになるのよ」

「そう？　どうしよう、あたし」

「講演なんかより、昔の『舞踏会の手帖』なんて映画を見せてくれないかなあ」

「ほしがりません、勝つまでは、よ」

「あたし、いつでも今すぐほしいの」と口もとのだらしない一人が言った。「ごはんだって、たべたいとなると、今すぐほしくて、我慢できないの。あなた乾パンを今日はもってない？　今、おねがいだから、一つくれない？　あしたかえすから」

こういう級友のどよめきの中で、まゆみは黙って、ぼんやりしていた。その講演会のビラを見ていると、見たこともない天祐先生という字の下に、丸山五郎の顔がちらとのぞいているように思われた。そのゆかりの人だと思うと、噂の主の横紙破りの天祐先生まであんまり憎くなくなるからふしぎであった。

「まゆみ何考えてるの？」

「あなたこの講演ききたいの？」

「ええ」

「あら、へんな人」

友だちの一人は、自分の頭の横に指先で渦巻を描いてみせて、友と目くばせした。

午後二時半ごろだった。作業がその日は講演のために早仕舞になって、女学生たちが校庭を散歩していると、門を入ってくる羽織袴《はかま》の男の姿が目に入った。大きな紋附羽織に、太い羽織の紐をうずたかく結び、大きなステッキをもっている。その赭《あか》ら顔《がお》の巨漢のあとに、日の丸の風呂敷包を下げて従ってくる、これも先生をまねて肩怒らせた若い書生がいた。紺飛白《こんがすり》の着物に、粗末な袴をつけ、羽織は着ていない。素足に下駄をはいて、いかにも先生のお供が誇らしいらしく、あたりをヘイゲイして校門を入って来る。それは女学生たちに見られるはずかしさに虚勢を張ったポーズとも見えた。

まゆみは校庭の菜園のそばの若葉の美しい樹の下で、遠くからその姿を見た。

丸山五郎だった。

まゆみは何の躊躇《ちゅうちょ》もなく、樹のそばのブランコにすらりと乗った。そしてブランコの鎖に片手をゆだね、大きくゆするでもなく、体をブランコの自然な軽い動揺にゆだねて立っていた。まゆみがブランコに乗った乗り方はいかにも自然で、誰にも疑われなかった。

学校の本館校長室の玄関口へ入るには、いやでもブランコの前の道を通らなければならない。

天祐先生は、そこまで来ると、意外にも、体を固くして木蔭に集まっていた女学生の群へ、

「やあ」

と手をあげて、立ち止った。女学生たちはぎごちなくお辞儀をした。

先生と一緒に立止った五郎は、ふとブランコの上のまゆみを発見した。まゆみはブランコから下りもせずニッコリした。五郎も、急に顔を真赤にしてニッコリした。

「やあ、皆さんお元気ですな。私が宮原天祐です。校長先生のお部屋はこっちへ入ればよろしいか」

「はい、御案内します」

『お出《で》しゃ』という仇名《あだな》の女学生が天祐の案内を買って出たが、かれらが本館の中へ入ってしまうと、彼女たちは早速、

「天祐って案外如才ないおじさんじゃないの」

「ああいうのが隅に置けないのよ」

「そうよ。いやに親切で不潔だわ」

などと議論をはじめたが、ふと一人が、

「あのお供の人、一寸《ちよつと》かわいいわね」

「一寸ナイスね」

「そういえば」とブランコのまゆみを見上げて、別に重大なことでもなさそうに、こう言い出した一人があった。「あの若い人、まゆみのことをじっと見ていたわ」

思い出

……まゆみの回想はなおつづく。……

宮原天祐の講演がはじまるので、女学生たちはぞろぞろ講堂へ入って行った。そのときお作法のN先生が肥った体をころころさせて飛んで来て、

「朝日奈さん、朝日奈さん」

と講堂へ入ってゆこうとするまゆみの袖を引張った。

「一寸《ちよつと》……」

「何でございますか」

まゆみは列を離れて、講堂の入口のそばの蘇鉄のかげへ行った。

N先生はいつもセカセカして、小さなことでも、まるで空から百円札の雨が降って来たか、台所へトラックが上り込んだか、というような一大事の調子で話すクセのある人なので、まゆみも別におどろかなかった。

「あのね塾長先生から、朝日奈さんをぜひ接待係にって言う御命令なんですよ。学校は御承知のとおり今とても手が足りないし、こんな大事なお客さまにも小使のおばあさんがお茶を運ぶんじゃ仕様がないし、とにかく是非朝日奈さんにっておたのみなの」

「接待ってどんなことするんですの」

「お茶を運ぶだけでいいんですよ。たったそれだけ。お茶の運び方なら、いつも私が教えてあるでしょう」

「ええ。家でもいつもお茶ぐらい運んでいますわ。でもお客様って、誰でございますの？」

「まあ、まあ、まあ、わかり切ってるじゃありませんか」――N先生は、国家の機密でも洩らすような大袈裟《おおげさ》なひそひそ声で、「あの宮原天祐先生ですよ。講演がすんだら、すぐその足で塾長室へ来て下さいね。すぐですよ」

まゆみはきいているうちに、頬が何だかポウーッと熱くなって、返事をするのを忘れてぼんやりしていた。

「わかった？　え？　お返事は？」

「はい」

「あっ、それからね、このことはお友達にも話してはいけませんよ。あなたがおひいきにされたと言ってヤキモチをやかれるだけですからね」

それだけいうとN先生はあたふたと、講堂へ入って行った。

こんな塾長の命令はいささか個人的にすぎるだろうが、家庭的な私塾の伝統の残っている浅田英学塾では、こういうことが往々にしてあったのである。

宮原天祐の講演はなかなか如才がなかった。女学生むきの話題をうまくつかまえて来て、みんなが予想していたような悲憤慷慨調ではなかった。日本は天照大神《あまてらすおおみかみ》以来、女性の地位の高かった国で、平安朝時代には男は女の家へ通ったのであるし、武家時代でも、妻の実質的な権力は大したものであった、女が絶対随順という婦徳を守りながら、その中においていかに女としての偉大さに達したか、というような論旨であった。その説明に使う図面をうしろの壁に掛けたり外したりする仕事が五郎の役目で、まゆみの席からは、機敏に動く五郎の紺絣《こんがすり》の姿は、小さく可愛らしく見えた。

講演がすむと、まゆみは皆の間をすりぬけて、いそいで廊下へ出た。

「まゆみ、どこへ行くの？」

そう声をかける級友もあったが、まゆみは大きな地図や大きな日本画の花嫁の図なんかがかけてある廊下づたいに塾長室のほうへいそいだ。

ドアをノックすると、塾長の丸みのある声が、

「朝日奈さんですか？　おはいり」

と言った。まゆみはそっとドアを押して入った。衝立《ついたて》があって部屋の中は見えない。

「朝日奈さん、お茶をおねがいします」

と塾長の声がかかった。まゆみは入口のそばの小部屋に入った。小使のおばあさんがもうちゃんと三人分の茶碗にお茶を注いで、お盆にのせたのを用意していて、まゆみに渡してくれた。

衝立をまわって応接間を兼ねた塾長室へ入ってゆくと、奥の安楽椅子に天祐が、手前の椅子にはかしこまって五郎がきちんと腰掛けていた。

まゆみは伏目がちに、目八分にお盆を捧げて入って行った。そしてまず天祐の前にお茶を置いた。

「ほう、きれいなお嬢さんですなあ」

天祐は好色そうな目を細めた。まゆみはこういう応対には一向顔を赤らめない育ちで、しゃあしゃあとしていたが、塾長のほうがむしろ気を使っていた。次にまゆみは、かしこまっている五郎の前にお茶碗を置いた。ちらと五郎と目が合った。すると天祐が目ざとく見つけて、

「おお、丸山が赤くなったな。きれいなお嬢さんの前へ出ると、宮原塾の健児も一向意気地がないのう。ワッハッハ」

と豪傑笑いをしたので、五郎は一そう赤くなった。

――その後浅田英学塾の改名問題はすっかり立ち消えになった。まゆみも知らなかったが、聡明な塾長は、講演三四十回分にも相当しそうな礼金を、講演の謝礼という名目で、あのとき天祐に渡したのであった。

講演の三日後、まゆみは五郎から手紙をもらった。九州男児らしい熱血の文字と謂《い》ったラヴレターで、読んでいるまゆみは叱られているような気がしたが、なかには人に教わったらしい古風なロマンチックな文句もあった。

「白百合の如く清楚、しかも夕日をうけたあの日の御宅の庭の桜の如き、艶《あで》やかさは、小生の如き、桜の散り際のいさぎよさを重んずる者は、ひとしお胸迫るものがあったのであります」

無声映画の活弁のようなこの恋文は、まゆみをびっくりもさせ、笑わせもしたが、それまで中学生なんかからたびたびもらった恋文とは、比べものにならない感動と幸福感をまゆみに与えた。手紙は最後に、何日の日曜日の何時に中野駅に待っているが来てくれないか、と結んであった。

まゆみはわざと返事を出さなかった。当日になると何度も鏡の前へ行ってみて、とっておきのリボンを髪に結んだ。

最初のあいびき……、中野駅のベンチで待っていた彼……、具合のわるいことにその日は丁度雨だった。まゆみは芸能社の娘ではあったが、まじめな家庭の育ちで、よく知りもしない男と一緒に映画館へ行ったりすることは、不良のやることだと思っていたし、五郎もそう思っているようであった。そこで駅のベンチに坐ったまま永いこと話していた。話と言っても、彼の話と来たら固苦しい話ばかりだった。自分の尊敬する人たちのことしか五郎は話さなかった。宮原天祐のこと、何とか中将のこと、何とか元大佐のこと。……まゆみはそれでもちっとも退屈しなかった。自分の尊敬する人の話をすることは、いわば初心《うぶ》なフランスの少年が女の子の前でナポレオンの話をするのと同様に、持って廻った敬虔な愛の告白でもあるのだ。

雨のなかを、電車はしきりに入って来て、また出て行った。電車が来るたびに、二人はベンチの上で他人を装い、五郎は持って来た「大東亜共栄圏の理想」とかいう本のひらいた頁の上へあわてて顔をうつむけた。

入って来る電車はその軒から雨のしぶきを散らした。まゆみの持って来た雨傘は、コンクリートに小さい蛇のような水の黒い糸をえがいた。まゆみも何故ともしれず、乗り降りする乗客の顔を見るのがむしょうに怖くて、電車が止るたびにその水の蛇をじっと見ていた。蛇はうごかなかった。まゆみは傘の先で、字を書いた。蛇は消えて、G、M、という字が残った。

「何をしてるんですか」

「あなたの頭文字、こうでしょう」

「そうです。……でも僕は英語はきらいです」

と少年はぶっきらぼうに答えた。まゆみは少しも腹が立たず、却《かえ》って可笑《おか》しくなって小さく笑った。

それから何度あいびきを重ねたろう。彼の塾へは勿論女は訪ねて行けなかった。塾は代々木練兵場の近くにあったので、二人は代々木練兵場をよく歩いたが、秋になってやっと二人は高い樫《かし》の樹のかげで最初の接吻をした。二人ともひどくふるえていて、歯の根がほとんど合わなかった。ふるえている膝頭がぶつかり合った。

昭和二十年の二月に、まゆみの一家が疎開したときの別れは辛《つら》かった。五郎は手紙を毎日書くことを誓い、戦争が日本の大勝利に終る日に結婚しようと誓った。しかし四月に入ると間もなく、今重要任務についているから当分手紙は出せぬかもしれぬという一通の葉書が来て以来、丸山五郎は消息を絶った。八月に戦争がおわって思い切って宮原塾をたずねたまゆみが見たものは、代々木原頭で切腹したという彼の位牌であった。

それから一年まゆみは何を見ても喜びがなかった。そして今の烈しい多忙な生活に注がれているまゆみの情熱も、もとを正せば、この時から心に巣くってしまった空虚と戦ってゆく情熱なのかもしれなかった。……

まゆみは思い出からさめると、もう一度、

「おやすみなさい、五郎さん」

と言って、写真を手提にしまった。

彼女は遠くにきこえる夜汽車の汽笛の音に耳をすました。

『こんな夜中にも、人の幸福や不幸にもかかわりなく、汽車はまっしぐらに、逞《たくま》しく走っているんだわ。窓々に明りをつけて、雄々しい汽笛を鳴らして。……あれこそ人生だわ』

そう考えると、まゆみに深いところから勇気がよみがえって来ていた。今は昼間からのおそろしいショックも治って、快い夢路を辿《たど》れるような気がした。

「ありがとう、五郎さん」

まゆみはハンドバッグを外からやさしく撫でると、茶の間の電気を消して、自分の寝室へ立った。

仮装舞踏会

一

松原は四国の郷里へかえり、心中事件は意外にあっけなく落着した。もう一つ例のマシュウズ氏のN国際会館への食事の招待も、例によって簡単に解決を見た。というのは、今度助け舟を出してくれたのは、バンド・マスターの坂口で、彼はむしろいそいそとこの困難な役割を買って出ると、まゆみについて行って、まゆみの口から、自分を「良人《たく》でございます」と紹介させ、まんまと老紳士を煙に巻いてしまったのである。尤《もっと》もそれではあまりに恩知らずのやり方だから、坂口はまゆみと相談して、金五千円を投じて見事な漆器の菓子入れを買い、それをマシュウズ氏にお土産として贈ったのであったが。

一ヶ月たつと松原は元気で颱風季節の東京へかえって来た。少し肥って、日に焦けて、あの事件のことはすっかり忘れてしまったようであった。若者は回復力が早いものである。尾道に近い風光明媚な郷里の町で、松原の両親は宿屋を経営していたが、あいにくその家には古ぼけたオルガンしかなく、東京へかえって久しぶりにピアノにむかった松原は、あのオルガンの重ったるいキイの感覚が、まだ指先に残っているのが心配で、ひまさえあればピアノの練習に熱中していた。ピアノ弾きは一日ピアノを休むと、技倆が落ちたという不安にたえられなくなる。彼は瀬戸内海の美しい海辺をさまよいながら、打ちよせるおだやかな白い波の波打際が、ピアノの白い象牙のキイに見えて仕方がなかったと語った。

その後、まゆみの仕事は順調にはかどり、多雨の夏に比べてからりと晴れた日のつづく秋の毎日を、元気に忙しく暮していた。

そこへマリ子が、十月三十一日のハロウィーンの仮装舞踏会へ一緒に行かないか、とまゆみを誘って来た。

二

ハロウィーンという外国のお祭は、何でも一種の収穫祭で、カボチャのお祭だそうである。今年やカボチャの当り年、というところであろう。マリ子自身が一向知らないので、まゆみにも由来はよくわからなかったが、その十月三十一日は魔女やお伽噺《とぎばなし》の化物たちとも関係のあるお祭で、外人たちは仮装の意匠を凝らして踊りさわぐ晩だということであった。

「丁度三十一日の晩は、お宅のバンドへ出演して歌う日だわね」

とマリ子が言った。まゆみは手帖を繰りながら、

「六時から八時まで、ココナッツ・クラブだわ。それからうちのバンドはジプシイへ行くんだわ」

「あんたジプシイへ行く必要ある？」

「本当は行ってなくちゃいけないんだけど、……」

「よしちゃえよ。かまわないよ、一晩ぐらい。あんまりまゆみがよく尽すから、みんなが甘ったれて仕様がないのよ。一晩ぐらいつきあいなさいよ」

「そうしようかな」とまゆみは少し心が動いた。「でもパートナーが……」

「パートナーなんか要りやしないわよ。私だって、あぶれたら一人でゆくわよ。とにかく一緒に着かえて一緒に行きましょう」

「ええいいわ。仮装は何にする？」

「それはお互いにその日まで秘密にしましょう。着換えにはココナッツ・クラブのダンサーの楽屋を貸してもらえばいいわ」

「そうね。便利ね」

そうしてまゆみは、マリ子に切符を買わされた。目と鼻と口の穴をあけたカボチャに乗って黒猫がニャーと鳴いている絵が描いてあって、その上下に、英字で、

ハロウィーン仮装舞踏会《マスカレイド》
ディナア・ダンス
一九五三年十月三十一日
帝国ホテル　東京

プログラム
ディナア　　七時――九時

八時——十二時
ダンス
十時　池田高《たかし》舞踊団
フロア・ショウ

と書いてある。

『どんな仮装にしようかしら』

それから二三日、まゆみの頭にはこの心配があった。それはたえず心のすみにかかっていて、しかもその心配を大事にとっておきたいようなたのしい心配事だった。

大体仮装舞踏会の仮装はパートナーの男性と対になるように工夫すべきものである。まゆみは丸山五郎の丸坊主の頭とあの紺絣《こんがすり》の着物と粗末な書生袴《ばかま》を思いうかべた。明治書生のような、多少時代離れのした恰好《かっこう》だった。明治時代……。そう思ううちに、まゆみにいい思案がうかんだ。

『そうだわ。死んだパートナーと対になるようにすればいいんだ。私、海老茶《えびちゃ》式部で行こう！』

海老茶式部とは明治時代の女学生の風俗である。

三

……その日が来た。あいにく曇りがちな空から、夕方になると、ポツポツ雨が降って来たが、まゆみは、母が疎開しておいた昔の反物などで仕立てた衣裳一式をスーツケースに入れると、心たのしくココナッツ・クラブへ行った。

するとまゆみのその日の異様な髪型を見た楽団員たちは、口々にはやし立てた。

「何だい、それ。どういう心境の変化だい。珍な頭にしやがったなあ。カボチャを頭にのっけたみたいじゃないか」と口のわるいニキビの石川がまず言い出した。

「これ束髪って言うのよ。知らないの。無学ね、アプレは」

「へえ、一触即発のあれかい?」

「バカね。字がちがうじゃないの」

「だって、一つ触れるとすぐ爆発する、っていう字だろう。ちょっと触ってみようかな、爆発するかどうか」

「およし!」と石川の出した手をまゆみはギュッと押えて笑った。

「ひえっ、触らないうちから爆発しやがった。ああ、怖え」

と石川はヒョウキンに首をすくめ、皆が笑った。仕事中の皆をおいて遊びに行くのは気がさしたので、まゆみは仮装舞踏会のことは言わないで、坂口にだけ打明けて、あとをたのむと、

「いいよ。いいよ。ゆっくり遊んでおいで。君もたまに気晴らしをやらなくちゃいけないよ」

と親切なおじさんのように言ってくれた。

パーティーを終って、楽団員を送り出してから、まゆみは残ったマリ子と目を見交わしてニッと笑った。

「着附をしてアッとおどろくように別々な部屋を借りようよ」とマリ子が言うので、ダンサーの化粧部屋が二部屋に分れているのを幸い、二人は別々の部屋へ入った。八時までパーティーにクラブが借り切られていたので、ここの開場は八時半からになっていて、楽屋は今し出勤してきたダンサーたちの着換えの最中になっていて、足の踏み場もない乱雑さだったが、まゆみと顔見知りのダンサーが、面白がって着附を手伝ってくれた。

まゆみは白襟に派手な矢絣の着物を着て、海老茶の袴の紐を胸高に結び、ふところには赤地錦のはこせこを入れた。そして、黒絹の靴下をはき、頭には大きな夕顔の花

のような白いリボンをつけた。それに黒いハイヒールを穿《は》き、柄《え》の長い古風なレエスの日傘を持って立つと、ダンサーたちは、喚声をあげて、手を拍《たた》いた。

「まあまゆみさんステキ。あなた、こんなに古典的な衣裳が似合うと思わなかったわ」

「明治時代が目の前を歩いているようだわ」

　こんな好評嘖々《さくさく》に気をよくして廊下へ出たまゆみは、もう仮装を終って廊下のソファでタバコを吹かしているマリ子を見て、アッと言った。

　それは白い水兵服を着たマリ子だった。しかも大胆なデザインで、水兵帽には紺のあざやかな錨が飾られ、ごく短く誂《あつら》えた上着は、ひらいた紺の襟と共に乳当ての代用をなしていて、お腹《なか》のところは素肌があらわれていた。幅のひろいズボンは、その素肌のところからはじまっているので、それがマリ子の長い足をいやが上にも長く見せていた。マリ子はその恰好で、なまけものの水兵よろしく、足を組んでタバコを吹かしていたのである。

　二人の女は、その対蹠的な仮装を口をきわめてほめ合った。最後にマリ子の言ったセリフは本音であった。

「ああよかった。おんなじ仮装じゃなくて本当によかったわ」

それからマリ子は、一つクシャミをし、そばに置いてあった貂《てん》の毛皮の外套をいそいで体に巻きつけた。

「あなたそのお腹から風邪を引かない？」

とまゆみが余計な心配をした。

「大丈夫よ。呑んで踊ればすぐあったかくなっちゃうわ」

「さて」とまゆみは考え深そうに、「このままの恰好で外を歩けやしないし、ハイヤーをたのまなくちゃね」

「いいのよ。裏口に車が待ってるの。誰だと思う。会ったらびっくりしてよ。今夜の私のパートナーなの」

まゆみは一寸《ちょっと》約束がちがうような気がしたが、マリ子は、パートナーなしでも大丈夫と言いながら、自分だけパートナーと一緒に行くことになっても、別に詫び言は言わない気楽な女であった。

クラブの裏口に一台の車がひっそりと待っていた。しかし白い制帽をかぶった運転手しかいないようにみえた。車内には低音にかけたラジオのジャズ音楽が静かに漂い、運転手の吸っているタバコの煙が、薄闇の中にほのかにうかんでいた。

先に立ったマリ子が乱暴にドアをあけて、（車は二・扉《ツー・ドア》のオールズモビルだったが）

「お待たせしました」

と言うと、運転手はこちらへ顔を向けた。夜だというのに黒メガネをかけ、白の制帽と金モールのついた白い外国の海軍の軍服の肩に、手はとおさずに黒いコートを羽織っていた。運転手だと思ったのは、仮装をしたパートナーらしかった。

「御紹介するわ。こちら親友の朝日奈まゆみさん……、こちらは」とマリ子はまゆみの横腹を軽くつついて、「顔を見ればわかるわよ」

すると運転台の贋海軍士官は、肩から黒いコートをずり落させて、黒メガネを外して、頭を下げた。

「はじめまして、千葉です」

「あら」

それは今人気投票で一二を争う映画俳優の千葉光《ひかる》であった。

「はじめまして」とまゆみも頭を下げた。商売柄こういう人たちとは面識も多いまゆみは、映画俳優だからと言って別におどろかない。

マリ子が千葉のとなりへ乗り込み、まゆみが次に乗り込んだ。

「さア、松沢病院の患者が三人いよいよ入院とござあい」

千葉がそう言いながら、ペダルを踏んだ。車は迂回して、帝国ホテルを目ざして走り出した。

四

ホテルの玄関の廻転ドアをあけて中へ入ると、丁度すぐ前の車から降りた外人の男女が先に立って行くところだった。男は闘牛士の恰好をし、女は腕や首にジャラジャラと金属の飾りを下げたジプシイに扮していた。カルメンのつもりらしかったが、見ると相当なおばあさんで、ホセに刺されずに今まで生きのびていたものであろう。

この一組とまゆみたち三人がロビイを横切って行くその姿は、さすがに人目を惹《ひ》いた。いつものようにロビイには外人の旅行者たちが、仄暗《ほのぐら》い照明の下で、退屈そうな孤独な寂しそうな表情でそれぞれ椅子に身を埋めていたが、その中の一人の夫人は、新聞に読みふけっている良人《おっと》をつついて、仮装の一行のほうへ注意を向けさせた。

まゆみはこのホテルへ来るのが、例の事件以来だと思うと、感慨無量な気持もしたが、仮装の面映《おもは》ゆさに、皆のあとをついてうつむきがちに、横手の階段を何度か曲って昇ってゆくと、よく結婚式や大パーティーに使われるピーコックルームという大広間へ出た。天井へひろげた孔雀《くじゃく》の尾羽根のモザイクのある部屋である。

Tの字形の広間の中央の床が踊り場に充てられ、それを三方から囲んで純白のテーブル・クロースを敷いた沢山の卓が並び、壁際にはボーイたちが威儀を正して並んでいた。踊り場のむこうに楽団の舞台が設けられ、曲は聴き馴れたユー・ビロング・ツー・ミーを演奏していた。

場内は暗かったので、はじめまゆみには卓布のまばゆい白さしか見えなかった。目がはっきりしてくると、ハロウィーンの夜のために、四方の壁を飾った飾物の大きな影絵がみえた。橙色《だいだいいろ》の照明を背景にした影絵の模様には、猫がある、蝙蝠《こうもり》がある、帚《ほうき》に乗った魔女がある、そうして大口をあけて笑っているカボチャがあった。

「どこのテーブルかしら」

とマリ子がきいた。

「は、あちらでございます」

とボーイが、切符のテーブル番号を見て案内した。一つのテーブルへ導かれると、そこにいた人たちは、皆まゆみの知らない人だった。マリ子もろくに顔見知りはなく、一人顔のひろい千葉が、マリ子とまゆみを、一々職業まであげて紹介するので、まゆみはちょっとイヤな気がした。こういう附合だとすると、切符の出処はもともと千葉ではなかったかと思われる。それを知らずにマリ子から切符を買わされて一人で出て来たまゆみは、ずいぶんお人好しだということになるのである。

それにしてもまゆみのテーブルの人たちは奇怪だった。まずルムバのビラビラのいっぱいついた衣裳の外人の男女がいた。ゴムの怖ろしいマスクをかぶって、殺人犯人に扮した男は、真赤な耳のついたドレスを着た女悪魔と一組になっていた。それから日本の振袖を着た中国人の令嬢がおり、そのパートナーは、上下《かみしも》姿のサムライに扮した外人である。巴里《パリ》のアパッシュ（与太者）と夜の女の一組がおり、ヒトラーに扮して、背中に「洋服の御用は桑原洋服店へ」という大きな札を下げた生地《きじ》商が一人で、しきりにヒトラー式敬礼をやっている。かと思うと光源氏に扮したアメリカ人だの、寺小姓に扮した奥さんだの、半裸の印度《インド》の乞食僧に扮して黙って食べてばかりいる青年だのがあった。この乞食僧に皆が、一円札や五円の硬貨を投げてやると、一々手をあわせてお辞儀をして、頭陀袋《ずだぶくろ》へしまう恰好が堂に入っていた。

一方、踊り場では、雉子《きじ》だのコックだのジュリアス・シーザアだのペルシャ人だのオダリスクだの猫だの男装のハムレットだのがしきりに踊っていた。

しかしこういう遊びに馴れない日本人の仮装はどこか自分で自分を意識しすぎていてぎごちなく、パーティーの雰囲気はもう一つパーッとしたものにならなかった。

「ウヮーン」

という泣き声でふりかえると、うしろのテーブルの、半ズボンの男の子に扮した外人が、「踊ったら、襟に口紅がついちゃった！　お母さんに叱られちゃう！」と叫びながら大声で泣いて、みんなを笑わしているところであった。こういうたのしみ方はたしかに外人のほうが上手である。

遠くの席が、一人も仮装がみえず、皆タキシードとイヴニング・ドレスに身を固めた紳士淑女ばかりなので、

「あの人たち何ですの？」

とまゆみが隣りの殺人犯人にきくと、

「各国の大使公使です」

と殺人犯は凄味のある声で答えた。

五

千葉がマリ子と踊りに立ってしまったので、退屈したまゆみが誰か知った顔はないかと思ってあたりを見まわしていると、まゆみのほうへまっすぐにやってくる燕尾服《えんびふく》の青年がある。その青年がやさしい声で、

「まゆみさん」

と言った。

「あら、安子さんじゃないの」

それは男装した安子、あの怪物政治家の令嬢で、工藤の恋人の安子であった。

「よくお似合いになるわね。燕尾服」

「一度着てみたいと思っていたのよ。着られてうれしいわ。でも男の洋服って窮屈ね。こんなの一晩で沢山だわ」

と安子はいつものつまらなそうな口調で言った。そうしてつづけて、

「工藤さんは今夜も『ジプシイ』？」

「ええ」とまゆみは、「私だけ遊びに来てて悪いんだけど。……それであなた、きょうのパートナーは？」

まゆみはこう言ってしまってから、工藤のために、きかでものことを思わずきいてしまった自分の小姑《こじゅうと》根性をイヤに思った。しかし安子は一向気にもしないで、向うのテーブルを指さして、

「あそこにいる私とおそろいの燕尾服の男よ。キザでイヤな奴。私、大きらい」

「大きらいな人と一緒にダンスに来るの？」

「だって、そのほうが気楽ですもの。そうじゃない?」

安子はまゆみのテーブルの上から、ピーナツを一つつまんで、口に入れた。

「それじゃ、さよなら、またあとで」

「それじゃまた」

まゆみはその呆気なさにびっくりしたが、安子は五六歩行くと、また同じ歩調でまゆみのそばへ引返して来て、急にまゆみの耳もとへ口をよせてこう言った。

「あたくし、今の心境では、工藤さんと結婚してもいいと思うの。工藤さんにそう仰言《おつしや》っといてね」

そう言ってまた平然と向うへ行く安子の後姿を見送ったまゆみは、全くあいた口がふさがらなかった。

……と、そのとき、ダンスからかえってきたマリ子がまゆみの肩に手を乗せて、

「千葉さんと踊りなさいな」

と言った。まゆみは、軽く、

「ええ」

と言った。千葉が丁寧に、

「じゃあ、おねがいします」

踊ってみると千葉のダンスは流石《さすが》に巧い。まゆみとしては、こういう映画の二枚目と踊ることははじめてである。自分をミーチャンハーチャンではないと信じているまゆみは、映画俳優だって何も特別の男ではないという見識を固持しているつもりであるが、そういう見識が逆のひっかかりになっていて、とにかく普通の気持でないことはたしかである。日本中に何十万人、千葉光と踊ることを夢みている女の子がいるか知れないと思うと、満更でもないのである。

「今日のお客をどう思いますか」

と踊りながら千葉がたずねた。

「有閑クラスね」

「全く有閑クラスですね。僕はこういう連中とは本当のところあんまり馴染《なじ》めないいんです」

「そう?」

「だって、僕だって、働いて食ってるんですから。こういう連中の何百倍もの肉体労働をして。寒中に水にとびこんだり、泥の中でとっくみあいをやったりして」

「本当は私も馴染めないの」

まゆみは素直な気持で同感しながら、好い気な青年と思われている千葉の中に、こ

んな気持の抵抗のあることに、いくらか興味をもった。すると千葉は、

「あなたの仮装は……」

「え？」とまゆみはきこえぬふりをした。

「あなたの仮装は、僕いちばん好きですよ」

戯れの真実

一

　まゆみは、美男の映画俳優のそのセリフのようなお世辞で、ふと目がさめたように、いつもの流儀で話題を変えた。話題を変えて、女にだけゆるされるお喋りの特権を利用して、自分ひとり喋りだしたのである。

「あのね、帝国ホテルって、接収が解除になってから、かえって私たちと縁が遠くなったから、ふしぎだわ。終戦の翌年から翌々年にかけて、バンド・マンって、まるで特権階級でしたのよ。帝国ホテルでパーティーがあって、音楽をたのまれて行くときは、バンドが一室をあてがわれて、大将級《クラス》の食事がついたのよ。一度なんかアイケルバーガーのパーティーがあったとき、外は大雪で、玄関では雪の中でMPが張番をしているのに、私たちは、アイケルバーガーの隣りの温かい部屋をあてがわれてそこに泊ったのよ。でも、本当のところ、日本人がまだ家も食物もなくて困っているときに、私たちだけが、商売とは言いながら、昨日までの敵のおかげで、そんな気楽な思いをしているのは、あんまりいい気持がしなかったわ」

千葉がそれにうけこたえをしようとした時に、音楽がおわった。そうして千葉が「もう一曲」と言う間もなく、まゆみはにっこりして、自分の席へ戻って行った。

するとそこには、女水兵のマリ子が退屈そうに二人を待っていた。

そして二人を見るなり、いきなりこう言った。

「ねえ、光《ひかる》ちゃん、ここにいると呑気《のんき》でしょ。サインをたのみに来る人もないし、気楽でしょ」

「うん、サインって、きいただけでゾッとするよ」

彼は乱暴に椅子にかけると、煙草に火をつけて、それから呑みかけのウィスキイ・ソーダをそそくさと呑んだ。

ところがこの時、光は見かけの空元気と反対に、ちょっと孤独な表情をした。それをまゆみは見のがさなかった。

口では「ゾッとする」なんぞと言いながら、誰一人サインをたのみに来ないこんな場所にいると、千葉光は自分の坐っている椅子を急に横からひったくられたような気持になるらしかった。一応私大の文科を出た彼は、自分のファンのミーチャン・ハーチャンたちを心中ひそかに軽蔑することは知っていたが、軽蔑しながら愛していることにはよく気がついていなかった。サインを求めるファンの群にとりまかれると、光は、軽蔑とうれしさと恐怖と煩わしさを同時に感じた。撮影のまばゆいライト、写真のフラッシュ、ファンの喚声、「恋愛について」とか「女性について」とか、「どんな女性と結婚したいと思いますか」とかいう愚にもつかない沢山の質疑応答、そういうものにとりかこまれている間だけ、彼は元気で、のびのびしていた。こういうものは阿片《アヘン》に似て中毒作用を持っている。それから離れて、しばらく休養しようとすると、却《かえ》ってソワソワして落ちつかなくなり、休養どころか、ふだんの疲労がいちどきにドッと出て来てしまう。

千葉光の孤独な表情は、しかしまた、こんな別世界のパーティーだからこそ、安心して見せているものかもしれなかった。「映画俳優なんか」という顔つきでお高くとまっているお嬢さんたちや、まゆみのような道心堅固な女性しかいないこんなパーティーだから。

千葉光は、今度はまゆみのほうへはっきり笑顔を向けて、こう言った。

「もう一度踊りませんか」

「あら、マリ子と踊りなさいよ」

「いいのよ、いいのよ」とマリ子が甲高い声で、「踊りなさいよ。まゆみ。あたし、甲板掃除でくたびれちゃったのよ」

まゆみは何の洒落《しゃれ》かと思ったが、マリ子が水兵の仮装をしているからだと気づいて、ずいぶんギゴチない洒落だと思った。

まゆみは立上った。千葉と組み合わす手が前より自然に組み合わさった。ふとまゆみは、

『こんなに他人の孤独な表情が気になるなんて、私、すこしどうかしてるんだわ』

と、思わずにはいられなかった。

二

二度目のダンスは、二人とも黙りがちだった。

千葉は、まゆみを強《きつ》く抱きすぎず、うまく支えてなめらかに踊った。この思いやりがまゆみにもよくわかったから、まゆみも、「あなた、マリ子をほったらかしておい

ていいの」などという、バカな女の言いそうなことは言わなかった。

踊りの途中で、しかしまゆみは、何となくマリ子のほうをふり返らずにはいられなかった。マリ子は踊りを申込んで来たドン・ホセの仮装の外人に、軽い拒絶の挨拶をしているところだった。

『あの人ったら、踊りたくないんだわ。あたしたちが踊っているあいだは……』とまゆみは思った。すると急に、今の自分と千葉とのダンスが、値打のあるものに思われて来た。

千葉は、(それが多分、まゆみをすこしばかり、へんな気分にさせたのだが) 姿にも、顔立ちにも、姿勢にも、今どきの青年にめずらしい、はっきりした誇りを持っていた。世間のやきもちやきの男たちは、そういう千葉を見て、『男のくせに、自分の面《つら》に惚《ほ》れているキザな奴』と思うにちがいない。しかし千葉の誇りは、世間の男が誰も持ちたいと望んでいる「選ばれた男性の誇り」のその最も端的なものにすぎなかった。彼は智能や技術や学識などで「選ばれている」わけではなかった。彼はただ純粋に「男性」として選ばれ、映画の中で、雄の行動を演じてみせるために選ばれていたのだから、その誇りも当然で、誰も非難できない筈だった。自分の演じたいろんな役の幻影も手つだって、彼はいつのまにか、自分のことを、「男の中の男だ」と信じていた。

サーヴィス満点の外人よりも、こういう自信のつよい男性に好感を感じるところは、まゆみが日本女性の代表である所以《ゆえん》であろう。

彼らのまわりでは、南米風の音楽に乗って、パリのアパッシュと街の女の一組や、外人同士のお公家さんとお姫様の一組などが踊っていた。千葉はまゆみの耳もとに口を寄せて、こう言った。

「今度どこかへ二人で踊りに行きませんか」

「ええ」

まゆみは、お愛想のつもりで、別にはっきり行く気もなく、「ええ」と言っているつもりだった。

「あしたからまた撮影なんですよ。イヤになっちゃうな。僕たちの生活にはロマンスの余地もないんです」

「だって、あんなきれいな女優さんたちと共演していらしても？」

「ああいう奴らはただの人形ですよ。生身の人間だと思ったら、大ぜいの見ている前で、ラヴ・シーンなんか、バカらしくて出来やしません。それに……」

「それに？」

「共演中の女優といちゃついたりすれば、ろくな噂は立ちませんしね」

「噂が怖くてロマンスはできないわ」

「僕たちは私生活を監視されている、保釈中の犯人みたいなものでね。そんなに人気を大事にして、明日はその人気がソッポを向くかもしれないんですからね。火花みたいな、はかない人生ですよ。まわりはみんな、おとし穴をこしらえて待っている敵ばかりだと思えばいいんです」

まゆみは、この青年のちょっとセンチメンタルなヒロイズムをおかしく思った。

「それはそうと、あなたのお宅の電話番号は何番ですか」

「何でそんなことおききになるの?」

「僕は電話番号を蒐集してるもんですからね」

「ずいぶん沢山お集めになったでしょうね」

「ヤキモチを焼いて下さるんですか、そいつはありがたい」

「じゃ、ヤキモチを焼いていない証拠に、番号をお教えしますわ」

まゆみが番号を言うと、千葉はそれを二度口のなかでくり返した。

「ものおぼえがおよろしいのね」

「セリフをおぼえなれてますからね」

「だってセリフには意味があるから、おぼえやすいけど」

「いや、僕の出る映画のセリフなんか、何の意味もないんです。数字と同じです」

その一曲の音楽がやむと、司会者が出て来て、何か大声で怒鳴りだした。そこで、二人はマリ子のそばにかえった。

三

司会者の叫んでいるのはこんな文句だった。

「では、皆さん、仮装のコンテストをいたします。一組ずつ、この番号札をもってお並び下さい」

人々はドヤドヤと番号札がたくさん立ててあるところへあつまった。それはバスの停留場の標識を小さくしたような恰好《かっこう》をした、軽い木の立札で、それを手にかかげて、行列を作らされるのである。

マリ子は千葉の腕に手をかけていた。

そしてふだんなら、無意識にもそういう意地悪をしない彼女であるが、まゆみには知らん顔をして、8と書いた立札を手にして、行列に並んだ。パートナーのないまゆみは、仕方なく、10の札をかかげて、一人おいてうしろへ並んだ。男で一人で来ている人はいくらかあったが、女で一人なのはまゆみだけで、まゆみは、何ともいえない淋しさと恥かしさを感じた。

快活なマーチの音楽がわき起った。

1番の赤い女悪魔と殺人犯の一組はマーチに乗って、ふざけちらしながら、賓客たちのテーブルへ、踊りの足取りで進みだした。行列はうごきだし、銀座街頭にサンドウィッチ・マンが勢ぞろいをしたようなこの行列は、うねりながら、各国大公使らのテーブルの間を縫って行った。まゆみも仕方なしに、皆と一緒に笑いながら動きだした。

各国外交官夫妻は、きちんとした礼服でテーブルに斜めに腰かけて、この行列を迎え入れた。無作法と作法の見本との対照がまことに奇抜であった。

まゆみが踊りながら進んでゆくと、どこの公使か知らないが、禿頭のタキシードの立派なおじいさんが、杯をかかげて、軽いウィンクをして、まゆみのほうへ笑ってみせた。

『まあ、レビュー・ガールになったような気持だわ』

とまゆみは場所柄に似合わない反省をして、一寸《ちょっと》ユウウツになった。事実、まゆみのこの何となく割り切れない気持は、明治の女学生風俗にふさわしい、清楚で愁いを帯びた風情を、彼女の顔に与えていた。

行列は音楽に命令されて、テーブルからテーブルへ、何度もぐるぐるまわりをやらされた。

やっと自分の席にかえった時、まゆみはホッとして救われた気持になった。

「どうしたの、まゆみ、疲れたような顔をしてるのね」

はじめてマリ子が声をかけた。

「ううん、別に」

とまゆみはかすかに笑った。

そのときそばで、

「キャッ！　キャッ！　キャッ！」

というすごい笑い声が起ったので、ふりむくと、着なれない日本の振袖を着た中国人の令嬢が、パートナーの上下《かみしも》姿の外人の肩にもたれて、とてつもない笑い声を立てているところであった。日本人の女はとてもこんな笑い方はできない。その笑い声が、少々着崩れた振袖姿と、妙にエロティックな対照を示していた。

司会者がもう一度大声をあげた。

「只今のコンテストの結果を発表いたします。それに先立ち、洩れなく御投票下さいました来賓の紳士淑女各位に御礼申上げます。

第一位、10番、賞品シャンパン一罎《びん》」

皆が拍手した。誰も出てゆかなかったので、司会者はテーブルを見廻して、くりかえした。

「第一位、10番の方、賞品を差上げますからおいで下さい。いらっしゃいませんか、10番の方……」

まゆみが仕方なく立上って、歩み出ると、お客一同は万雷の拍手を送った。まゆみは、運動会で一等をとったことを思い出しながら、ちょっとうつむいて、早足に、司会者の前へ進み出た。

「はい、賞品です。一人でお呑みになってもかまいません」

みんながドッと笑った。

まゆみがシャンパンをもって席へ戻ると、みんながおめでとうを言ってくれた。千葉もやさしく肩を叩いて、おめでとう、を言った。

しかし賞品のシャンパンは同じテーブルの人たちからたかられて、栓を抜くとたちまち空っぽになってしまった。

四

その夜、まゆみが千葉の車で送ってもらうのを遠慮して、むりにタクシーで一人家へかえったのは、午前三時にちかかった。それからお風呂に入って、寝支度をしていると、電話のベルが鳴った。

父母が起きないように、まゆみはベルの音をつづかせまいと、あわてて受話器にとびついた。

「もしもし……どなた？」

「千葉です。まゆみさん？」

「ええ、もうお家《うち》へおかえりになったの？」

「ええ、今、マリ子を送ってから、家へかえったところです。タクシーで一人でかえられたから心配で、お電話したんです」

「どうもありがとう。おかげさまで無事ですわ。その代りスリルもなかったけれど」

「もう寝ていらしたんですか」

「いいえ、今、お風呂に入って、（まゆみはわれながら、余計なことを言ったと舌打した）これから寝るところなの」

「それじゃ、ゆっくりおやすみなさい。それからね、あした、じゃないか、もう今日の部類だな。今日の午後三時に、銀座でロケーションをやりますから、おついでがあったら見に来て下さい」

「どこで」

「西銀座のマルキの角ですよ」

マルキは御幸《みゆき》通りの有名な洋品店だった。

「ええ、うかがえたらうかがうわ」

「雨さえふらなきゃやりますから。じゃまた。おやすみなさい」

「おやすみなさい」

深夜の電話は淡泊で礼儀正しいものだった。まゆみは寝る前のクリームを鏡の前で顔にすりこみながら、一寸得意でないこともなかった。

「千葉光から午前三時に電話がかかるなんて、うらやましがる人がきっと沢山あるわ」

しかし、そのうちに、明朝でも足りる用事を、どうしてこんな夜中にかけて来たのかが不審になった。考えめぐらすうちに、やっと思い当った。

千葉光は、今の時間に自分がマリ子と一緒にいるのでないことを、まゆみに証明したかったにちがいない。

『ずいぶん手が込んでいること』

鏡の中のまゆみの顔が、少し大人っぽい微笑をうかべた。

ロケーション

まゆみはその日、別に銀座に用事があるわけではなかった。もっとも、ジプシイへ出かける前に、銀座を用もなくぶらつくことはたびたびあったし、それに今日は午後二時に、新橋のある芸能社の社長と、ジャズ・コンサートの話し合いをする約束があった。そのかえりに銀座へ出るつもりで、まゆみは踊りの疲れに熟睡して、正午ちかく起きてすっかりさわやかになった体に、洒落《しゃれ》たグレイのスーツをまとった。濃紺のブラウスに、ダイヤ・ストーンのブローチを咽喉元《のどもと》に飾った。今日も美しい晩秋の日ざしの新橋駅の雑沓に下り立つと、裏口の小さなビルの階段を上った。入口に、昭和芸能社という札がかけてある。

ここの芸能社の社長は与太者上りで、愚連隊をかかえているという噂があったが、まゆみはたびたびいろんな芸能社と渡り合っていて、怖いもの知らずであった。却《かえ》ってそういう社長には、親分肌の愉快な人物もあった。そして今度のコンサートのギャラの申出は、水準以上で、バンド・マスター以下、皆が乗気になるのも尤《もっと》もな金額であった。

待合室には、彼女の顔見知りのマネージャーも何人かいて、その顔ぶれを見て、まゆみは安心した。芸能界というところは、一向近代化されていないので、古風な浪花節的親分の君臨する余地があるのである。

美しい女秘書が、

「朝日奈さん、どうぞ」

と言って、社長室のドアをあけてくれた。

社長は、駅前の雑沓が見渡され、拡声器の音が容赦なく飛び込んでくる窓ぎわの椅子にゆったり腰かけていた。そしてにこやかに、

「やあ」

とまゆみを、椅子から立って迎えた。

まゆみは経験上知っているが、本当のヤクザというものは、チンピラとちがって、チャチな凄味を利かせたりしないものである。映画に出てくる親分は大抵、へんな髭《ひげ》を生やして、妙に鋭い目つきをして、キザな仕立の背広を着て、ニヤけたバカ丁寧な物の言い方をして、それでヤクザをカモフラージュしたつもりでいるが、本当のヤク

ザのカモフラージュはもっとずっと巧い。旧左翼の人に、却って、如才のない人が多いのと同じことである。

この社長は、実に本当のヤクザだった。耳の下にある傷痕が目にとまったが、それがどうしたって中耳炎の手術のあとにしか見えないくらい、今まで柔和に世を渡って来た人に見えた。体格もそうよくはなく、中肉中背で、ただ年にしては髪がまっ黒で、若々しい感じがした。

「さあ、どうぞおかけ下さい。お忙しいでしょう、大変ですな」

と社長はまゆみをねぎらってから、このあいだの報酬の額をもう一度確認した。

「よそさまより高いギャラを差上げるのも、ひろい会場を使うからには当然のことでして、それをやらない興行者が多いのが困ります」

「会場はきまりまして？」

「ええ、秋の昼間のことで、雨天順延ですから、水道橋の野球場を借りました。明るい太陽の下でジャズ・コンサートも、健康で面白いじゃありませんか。ジャズというものは野球なんかと同じ、音楽のスポーツだと私ゃ思っております。こういう意見は、楽団の方には叱られるかもしれませんが」

「いいえ、結構ですわ。それだからこそ、乙に気取った古典音楽より、若い人に人気があるんですわ」

「そうでしょうな、成程、成程」

社長は自分の意見に相手を賛成させておいて、それに尤もらしく合槌《あいづち》を打つ妙な癖があった。

まゆみは手金をうけとって、そこを出るとぶらぶら、銀座のほうへ歩いた。

午後の銀座は、あいかわらず雑沓している散歩者たちが、飾窓の冬物のマフラーや手袋に、早くも心を惹《ひ》かれて歩いていた。しかし今日は事務所から一寸《ちょっと》出て来たというように、コートなしの人が多い温かい銀座であった。

本通りを五丁目まで歩いて左へ曲ると、大へんな人だかりがしていて、警官が交通整理をしていた。遠くからギラッと光ったのは、撮影助手が反射板の向きをかえたところだった。

「わあ、ロケーションだわ」

と、事務所から脱け出して来たらしい、萌黄《もえぎ》の上っぱりの女の子が二人、肩に手をかけ合って、まゆみのそばをすぎながら、

「千葉光《ひかる》よ」

「千葉光？　まアすてき。何て映画なの？」

「榊原《さかきばら》監督の『夢よはるかに』よ。銀座の話でしょう、N新聞連載の」

「ああ、銀座でネクタイを売っていた青年が、そのネクタイを買ったお嬢さんとどうとかなる話ね」

彼女たちは何でも前以て知っていた。

人垣で何も見えないので、まゆみは人垣のまわりをめぐって、カメラのうしろのところへゆくと、丁度一コマがおわったところらしく、それをよいしおに、群衆は半分散りだしていた。ジリジリしていた自動車が、交通巡査の指図で動きだして、野次馬たちも仕方なしに、道をひらいているところだった。

見ると、紺のダブルの背広を着た千葉が、上気した顔つきでカメラのそばへ戻って来て、ジャンパアに鳥打帽の、風采の上らない監督から指図をうけているところだった。

一人の田舎くさいなりをした少女が、

「千葉さん、サインおねがいします」

と頓狂な叫びをあげて、サイン帖をつき出した。すると監督が、大声で、

「撮影中はサインはお断りです。どうせ私は憎まれ役ですから、はっきり申上げます」

無愛想に怒鳴ったので、小娘はびっくりして隠れてしまった。

そのとき、千葉とまゆみの目が会った。千葉は目で笑って、物を言わずに、指でむこうの喫茶店を指さした。それから、

「それじゃ、サイプラスで待機していますから、失礼します」

と言って、群を離れた。

「さア、今度は、藤原君、いいか？」

と監督がメガフォンで怒鳴った。

「あら、藤原千鶴よ。すてきねえ」

という声のなかを、千葉の指さした、すぐそばのサイプラスという一枚硝子《ガラス》の大きな窓を持った喫茶店から、有名な藤原千鶴が、ニコニコとファンに愛嬌をふりまきながら現われた。千葉は入れちがいにサイプラスへ向って行ったが、まゆみのそばへ寄ると、その肩を押して、まゆみをさきに入れた。

いつも満員の喫茶店サイプラスは、妙なことにガランとしていた。常は五六脚置かれているテーブルが、二つしかなかった。壁画の寝そべった大きな裸婦も、間が抜けて見えたし、レコード音楽のひびきもなかった。

「イヤに静かなのね」

と一つの奥まった椅子に坐りながら、まゆみは言った。

「今、借り切ってあるんですよ。ほら、外のお客が入って来ないように、入口に張り番をしているでしょう。ここをさっき撮影にちょっと使って、あとは楽屋兼用にしてあるんです。おい、コーヒー二杯、コーヒーでいいですか?」

とまゆみにきくと、はじめて、

「今日は来て下さってうれしいな。なんだか来て下さるような気がしましたよ」

と言った。この挨拶は自然で、少しも誇張がなかった。

「本当についでがあったからなのよ」

「それじゃあ、自信まるつぶれだな。まあいいや、僕は全然自信をもてなくなるようにしてくれる女《ひと》が好きなんです」

「じゃあ、今日来なかったほうがよかったのね」

「やれやれ」――彼は首をめぐらして窓のそとをそっと眺めた。この店へ入りかたがよほど巧かったのか、一枚硝子の窓には、別に中をのぞき込んでいるファンの目はなかった。また反射板がギラリと光った。

「どんな映画ですの、これ」

「つまらんメロドラマですよ、つまらん」と彼は乱暴に首をふった。「千鶴ちゃんの春子という女と、僕とが、銀座の角ですれちがうんです。僕はもとネクタイを洋品店で売ってたのが、今は金持の社長のお嬢さんと結婚して、いい御身分になってるんです。それが春子の姿を見て、ハッとして人ちがいじゃないか、と思うところをさっきとったんです。今度は、春子が僕に気がつかないで、さっさと行ってしまうところを撮ってるんですよ」

「へえ」

「この社へ、この映画で、僕借りられているんです。僕の部分は、あと一週間で全部撮り終る予定なんです。今日はロケーションが八時ごろおわって、それでおしまいなんですが、そのころあなた、どこにいますか」

「ジプシイにいますわ」

そのとき、

「千葉さん、千葉さん」

と店の外から呼ぶ声がきこえた。

「それじゃジプシイへ電話します。八時ごろ。……そのとき、また」

と彼はあたふたと立上った。

――サイプラスを出て、ロケーションの人たちをあとにしたまゆみは、自分が置き去りにされたような妙なじれったい腹立たしさを感じた。こんな気持はついぞないことだった。

ジプシイの事務室に、八時きっちりに電話がかかって来て、

「まゆみさん、電話」

と呼ばれたとき、はじめてまゆみに生気がよみがえった。

「どこにいらっしゃるの？『幌馬車』？ 呑んでるの？ そう。お友だちと御一緒？ お一人？……そうね、あたくし？……ええ、今ちょっとなら、抜けられるけど、二三時間しか時間がなくってよ。ええ、いいわ、今うかがいますわ。さよなら」

まゆみの電話は女にしては速いほうである。誕生石の指環をきらめかせて、受話器を置くと、その手の甲をいきなり赤い爪の指が抓《つね》った。

「まゆみ、コラ」

「あら、マリ子」

「いけないわね。あたしに内証で」

うしろに立っていたのは、いつのまに来たのか、赤いドレスを着たマリ子だった。マリ子の口のききようは冗談めかしていたが、どうしても冗談と思えないのは、その目の鋭い光りでわかった。

真珠の頸飾《くびかざり》

一

まゆみはマリ子のその言葉には答えなかった。彼女の頭は十分の一秒かの速い廻転をすることができ、また決断力も、そこらのふにゃふにゃした男性の十倍もあった。それでなくてはマネージャーはつとまらない。

黙ってマリ子の肱《ひじ》をとって事務室を出ると、入口の外套置場《クローク》の前のソファに丁度人がいないのを幸い、そこにマリ子と一緒に腰を下した。彼女はお姉さんのような落着いた態度で話した。

「ねえ、マリ子、はっきりききたいのよ。あたしを千葉さんに会わせたくない？　会わせたくなかったら、そう言ってね。あたしたちの間に、何の隠し立ても遠慮も要らないんだから」

「あたし、もう舞台へ出なくちゃならないんだけど」

マリ子は腕時計をわざと見て、回避するような態度をとった。

「まだ十五分あるわよ」

まゆみのほうがチャンと知っていて、早口でつづけた。

「ただのお友達じゃないんでしょう。迂闊《うかつ》なことに、私今はじめてそれに気がついたのよ。そうと知っていたら……」

「そうと知っていたら?」

マリコが鋭くききかえした。まゆみはズバリと答えて、

「あたし甘い顔なんかしなかったわ」

「あんたが甘い顔したの? あんたが?」

マリ子は思わず吹き出したが、それは少しも皮肉な嘲笑ではなく、一寸《ちよつと》泣き笑いのような調子で、いつものマリ子がいっぺんに戻って来た感じであった。

休憩の前の最後の曲が薄暗い場内から流れていた。ユー・ビロング・ツー・ミーである。

〽スィー・ザ・ピラミッズ、アロング・ザ・ナイル
ウォッチ・ザ・サンライズ、オンナ・トロピカル・アイル
ジャスト・リメンバア、ダーリング、オール・ザ・ウヮイル
ユー・ビロング・ツー・ミー……
(ナイルのほとりに群立つピラミッドを見る時、
熱帯の島の上に昇る日の出を見る時、
恋人よ、いつも思い出す、
あなたは私のもの……)

美しい夫人を連れたアメリカの空軍大佐が、入って来て、二人の前で夫人の肩から毛皮の外套を脱がせた。すると、あらわなまっ白な肩があらわれた。そのハッとするような強烈な印象は、大佐がいとも慇懃《いんぎん》に夫人の外套を脱がしたにもかかわらず、力まかせにくるりと剝《む》いたような感を残したほどであった。大佐が番号札をうけとると、海老茶《えびちゃ》の制服のボーイに案内されて、夜会服と共色のガマ口ほど小さな黒のオペラ・バッグを両手の指先でつまんで先に立つ夫人と共に、大佐は音楽と煙草の煙でいっぱいな暗い場内へ入って行った。

マリ子は目をパチクリさせて、

「まあきれいな肩！　あたし、あんな肩になりたい」

と言うと、赤い指先で自分の夜会服の裸の肩をつまんだ。まゆみは呆れて、

「あなたって本当に分裂症ね。大事な話の最中に」

「あら、ごめんなさいね。それで、あんた、千葉さんのこと、どうしようって言うの？」

「どうしようって、ただ、あなたのただのお友達じゃないとわかったら、私のとる態度がはっきりするだけだわ」

マリ子は急に泣きだした。ハンドバッグからあわててハンカチを出し、それに指を入れて指の形をこしらえ、斜《はす》かいに鼻の下と目へかわりばんこに当てた。

「わかったわ。あの人があなたに結婚の申込でもしたんでしょう。もうできたことは仕方がないわ。私、くよくよしない」

「また早合点」とまゆみは友の膝を気さくに叩いた。「そんなに泣いたら、歌が歌えなくなっちゃうわよ」

「いいわ。私、あの人、どういうもんだか、好きで仕様がないの。私、恋愛なんて本当にはじめてなのよ。そりゃあ、男は沢山知ってるけど、あんな可愛い人はじめてだ

わ」

「まあ手放しね。いいのよ。いつでもあんたが、私をお姉さんのように助けてくれたから、今度は私があなたを助けてあげるわ。これから私とにかく、『幌馬車』へ行ってくるわ。安心して委《まか》せて頂戴。私、友達を裏切るようなことはしないから。はっきり話をつけてくるわ。大船に乗ったつもりで歌っていらっしゃい。いいこと？」

「うれしいわ、ありがと」

マリ子は女にしては大きな、チンチラ兎の手袋みたいな柔かい手で、まゆみの手を握った。

「まゆみ、私、あんたを信頼してるわ。それで、あれなの？　あんたの気持はどうなの？　千葉さん好き？」

「私ってバカね。ちょっと好きになりかけたところだったのよ」

とまゆみが、半ば口の中で早口に言った。

二

『幌馬車』は銀座の一角に立った二階建の、外見はあまりパッとしないキャバレエだった。しかし中へ入ると、天井の高い広大なホールの奥に、壁一面の豪勢なステンド・グラスがあって人目をおどろかした。それは多分中世騎士の凱旋の図でもあるらしく、白馬や鎧《よろい》や貴婦人たちの衣裳の緋色が燦然《さんぜん》としてあたりを圧していた。ところでこの古風な大壁飾りの前で踊っている連中は、酔っぱらい紳士とイヴニング・ドレスの身につかない日本のダンサーたちなのであった。これは日本のほうぼうで見られる様式のほほえましい混淆《こんこう》の、ひどく金のかかった一例であった。

まゆみが受付できくと、受付は心得ていて、

「お待ちでいらっしゃいます」

と言ってボーイに案内を指図した。ところがその案内は必要がなかった。まゆみが場内へ入ろうとしたとき、壁の高いところから一条の光線が満員のお客の頭をかすめ、反対の壁際のテーブルに固定した。それと同時に舞台の上の支配人の声が、拡声器を通じて場内にひびいた。

「只今、千葉光《ひかる》さんが御来場になっております」

場内は一せいの拍手にどよめいた。光りを受けて、地味なダブルの背広に蝶ネクタイの千葉が立上って、お客に挨拶するのが見えた。その席には、さっき電話で言っていた「友達」らしいものは見えず、四五人のダンサーが彼を囲んでいるのが見えるだ

けであった。いろんな意味で、

『まあ、ずいぶん派手なことだわ』

　とまゆみは思った。

　光線はまたスルスルと人々の頭上をかすめ、千葉のテーブルとは遠い別のテーブルにとまった。

「こちらにはバレリーナの魚谷千保子さんが御来場になっております」

　——まゆみは、おそらく千葉自身も不意討で迷惑しているにちがいないこんな派手な紹介のすぐあとで、そのテーブルへ行くことをためらった。多くの注目を浴びることは知れていた。しかし今ここで引返すことはできなかったし、五分や十分待っても同じことだと思われた。彼女が躊躇《ちゅうちょ》しているのを見て、なかなか気の利く案内役のボーイは、

「どういたしましょうか？　支配人がああいうことが好きで……」

「かまわないわ。案内して頂戴」

　そのボーイにやるチップの百円札を掌に握りながら、まゆみは断乎と言った。

　まゆみが昼のままのスーツの地味な姿で、千葉光のテーブルへ近づくと、千葉は礼儀正しく立上って、握手の手をさし出した。とりまきのダンサーたちは、興味という

よりは、敵意の目でサッとまゆみに視線を集めた。

「来てよ」

とまゆみはサッパリした口調で言った。

「正に来ましたね。何を召上る?」

「スロウ・ジン・フィッズ」

女の一人が注文を承って立上った。

「お疲れでしょう」

「疲れますね。朝八時からですもの」

「大へんね。もっとも私の商売はこれからだけど」

「何だか、電話では行くって言ってたけど、来て下さらないような気がしてた」

「昼間ロケのときは、『来て下さるような気がしてた』って仰言《おつしや》ってよ」

「そう、あの時はね」

「今度は悪い予感?」

「そうでもない」

「でも私の予感も当ったわ。お友達と一緒に呑んでるなんて、きっと嘘だと思ったわ」

「嘘じゃありませんよ」と少し酔っている千葉は、女の一人の肩に手をかけて、「彼女たちは僕の友達です」

女はうれしそうな顔つきで、敢《あえ》てまゆみのほうは見ず、千葉のほうだけ見て、

「悪友ねえ、あたし」

と言った。そこへボーイが注文のスロウ・ジン・フィッズを運んで来た。深紅の御婦人向の酒である。テーブルに置かれるとき、コップの中の氷はカタカタと軽い音を立ててぶつかった。

まゆみは一口呑むと、千葉にだけきこえる小さな声で、

「あのね、一寸お話があるんだけど、他へ行かない？」

「ここじゃだめ？」

「だって、二人だけの話ができないわ」

千葉は急に顔に喜色をうかべたが、その性急な喜び方がまゆみの気に入らなかった。

『この人は、話がついたらその晩にホテルへついて行くような女ばかり相手にして来た人だわ』

とまゆみは思った。

「何でもありませんよ、そんなこと」と千葉はダンサーたちの顔を、訓示を垂れるよ

うに見比べて、「みなさん、重要会談があるんで、申しかねますが、一寸席を外して下さいませんか。どうか悪しからず」とふざけた挨拶をした。女たちはこういう扱いに馴れているらしく、案外捨台詞《すてぜりふ》も残さないで、「じゃ、またあとでね」などと言いながら、ぞろぞろと立って行った。

三

二人は壁際の椅子に残された。

ここも同じ薄闇の中にこもる煙草の煙と音楽と踊りだった。人間がこういう薄暗い場所を好むのは、穴居生活の名残であろうか。

千葉がさあらぬ顔をして、まゆみの口を切るのを待っている様子がわかった。決して、「用は何ですか」などというヘマな口をきく男ではない。しかしまゆみの出方も、事は簡単ではない。ここで、「私は友達の恋人を奪うのはイヤだから、もうお会いできない」と言ってしまうのは簡単だが、むこうはまだ何も言質《げんち》を与えていないのである。「イヤ何もあなたを恋人にするつもりはなかった。今夜一緒にたのしく呑もうと思っただけで、この次の約束をするつもりはなかった」と言われてしまえばおしまいである。何とかむこうの言質をとらねばならない。そこでまゆみも敵状視察のために黙ってしまった。

こういう時は概して先に口を切ったほうが負けである。

二人の沈黙は、鼻の頭に氷を押しつけられて、どっちが先に「冷たいッ！」と叫ぶかの競争みたいなものであった。音楽は「マンボ・ジャンボ」だった。その騒がしい曲に客は浮かれながら、千葉光に対する注意も怠らなかった。たえずどこかにこちらを見て囁《ささや》いているテーブルがあった。この雰囲気では千葉は分が悪かった。その上、千葉は男性の立場から、ここは一番、積極的に出るべきだと感じたらしかった。マンボの曲が終って、ゆるやかな「マイアミ・ビーチ・ルムバ」になると、彼はとうとう口を切った。

「マンボのテンポじゃ全く話もできないな。そうだ。あのね。僕ちょっと計画していることがあるんだ。来週の月曜で丁度今の撮影がおわると、火曜一日は久しぶりで体が空くんです。天気がよければ、どこかへ紅葉を見に行きたいな。ドライヴしよう。僕の運転に信頼を置いてもらえればね」

「また、お友達と御一緒？」

この皮肉に対して正直に、

「いやあ、今度は二人きりですよ。あなたさえよければ」

とはっきり答えた千葉の態度は、まゆみに好感を抱かせた。しかしまゆみは、こうと決めたことは決して枉《ま》げない女だったし、滅多に情にも負けなかった。

「火曜がお天気だといいがなあ」

「あら、まだお供するって言ってなくてよ」

「こいつは負けた」と光は青年らしく、無邪気に頭へ手をあてた。「その日は何か予定があるんですか」

「予定って別にありませんけど」

「それならいいじゃありませんか。気持がいいですよ、ドライヴは。それに日帰りのドライヴなんだし」

「あのね」とまゆみは少し硬くなる自分を感じたが、少しでも千葉を傷つけずに自分の気持を伝える言葉を考えて、ゆっくりと言った。

「さっきお話って言ったのは、マリ子のことなのよ」

「マリ子の？」

「ええ。マリ子は私の親友だし、マリ子のあなたへの気持も、私マリ子からよくききましたの。私も悪かったんだけど、それが本当にわかったのは、さっきお電話をいただいたあとなのよ。私、マリ子はきっとあなたのただのお友達だろうと思ったから、こうしてお附合してても何でもないと鈍感に考えていたの。でも……」

「何もそんなに固苦しく考えなくても……」

「それじゃマリ子はただのお友達？」

まゆみは正面切って、光の目を見た。光の日本人にしては大きな目は、黒く澄んでかがやいていたので、まゆみは『これで大抵の女がフラフラになるんだわ』と自分の心の手綱をしめる気持だった。

「うーん、どうもあなたに会っちゃ、つまらん嘘は言えないから、男らしく正直に言います。マリ子は正直、ただの友達じゃありません。でもお互いに、結婚の約束とか面倒なことは言わずに、シャれた附合をしているつもりだったんだから、今更ゴテることもないんだけどなア」

「別にゴテたわけじゃなくってよ。でも私とマリ子とは永い友達でしょ。あの人が何を考えているか、私にはチャンとわかるの。あの人、ね……」

「え？」

「あなたを愛してるわ」

光は黙ってしまった。カメラの前に立ちなれている人のカンのよさで、下手にジタバタしたりしなかった。

「あなたったら、マリ子があなたを愛しているって第三者から言われても、うれしそうな顔もなさらないの?」

「しますよ。しますよ」

「いいのよ。お腹《なか》の中ではうれしがっていらっしゃることがわかるんだから。とにかくマリ子と私は親友なの。男の方は、女同士で親友なんてありえないって考えるらしいけど、そうしたものでもないのよ。仕事の上の友達って、想像のつかないほどキズナの固いものだわ。私、マリ子を出し抜きたくもないし、マリ子を神経戦で苦しめて喜ぶ趣味もないし、女にありがちなつまらない競争心もないの。私とにかくマリ子を少しでも不幸にするようなお附合からは手を引きたいの」

千葉光はうつむいて黙っていた。それから呑みかけのストレイトのウィスキイをグイと呑み干した。

「あたしね」

まゆみはやさしい声になって、頰杖をついた。少し遠くへ体を寄せて、光のうつむいている顔をじっと見た。

「私ね、こうしていると、あなたとマリ子とどっちが好きかしら、と思って考えてしまうわ」

「君は友情しかわからないんですか」

「どっちが好きかしら、ってヘンだけど、私まじめにそう思うのよ。マリ子は永い附合だし、あなたは二三度お目にかかったきりだけど、あなたの好さもあたしよくわかっているつもりよ」

「どうも君に就職試験の人物鑑定をしてもらってるみたいだな」

「私、『好さ』なんて失礼なこと言ったのは、一寸ひねくれて言ってみたのよ。あなたの『魅力』なら、わかりすぎるくらいわかるわ。だって私も女ですもの」

「君は男を己惚《うぬぼ》れさせる危険は感じないんですか」

「別に。だって、お目にかかるの、今日きりですもの」

「ふうん」

光は深い溜息をついた。それから、ボーイを手招きして、何も言わずに、コップをさし上げて、お代りを注文した。

「あなたみたいな女性は僕はじめて見た。話はわかった。とにかく踊りましょう」

四

二人は壁一面の巨大なステンド・グラスの前で踊った。白銀の鎧の騎士は緋の衣の貴婦人の前にひざまずいていた。その物具《もののぐ》はキラキラ光り、貴婦人の金髪は照明に透かされて燃えていた。まゆみは目をつぶって踊った。自分を愛している男の踊り方ははっきりわかる。まゆみはこの強い腕の中から、たとえ友達を不幸にしないためでも、どうしてこんなに逃げようとしているのか、正直自分で自分がわからなかった。

『私って恋愛ができない女なのかしら』

そう思うとつぶっている目に、初恋の故丸山五郎の面影がうかんで来た。またしてもまゆみはいつもの頑固な信念にとじこもった。

『私の愛しているのは五郎さんだけだわ』

しかし目をつぶっているうちに、今自分を抱いて踊っている千葉光の顔がいつのまにか丸山五郎の顔に入れかわり、その熱い腕は五郎の腕のように思われてくる。まゆみはこれ以上踊りつづける勇気がなかった。

彼女は体を離して、おくれ毛を直した。

「それじゃあ私失礼しますわ。『ジプシイ』のほうを、放置《ほ》っておけませんから」

「そうですか」と光は悪い引止め方はせずに「それじゃあ、僕も帰りましょう」

——二人はそうして『幌馬車』を出た。

晩秋の銀座は、まだ人通りのたえない時刻だった。ふりかえって、

「あら、千葉光よ」

と言ってすぎる女の子もあった。今夜の千葉光の憂鬱そうな顔は、彼女たちに一そう魅力があったにちがいない。

「むこうの駐車場に車が置いてあるんです。とにかく『ジプシイ』までお送りしましょう」

「どうも恐れ入ります。『ジプシイ』へ寄っていらっしゃらない？　マリ子がまだ歌っている筈だわ」

「そうですね」——と千葉は少し考えた。

「またにしましょう。……マリ子の前に、二人で現われるのもまずいかもしれない。せっかくの君の厚意が無になりますからね。……そうだな。マリ子にすみませんけど、こう伝えてくれませんか。今夜十一時に『コパカバナ』で待っているって。それまで僕、一寸用足しして行きますから」

「ええ、きっと伝えますわ」

舗道のかたわらにM真珠店の洒落《しやれ》た小さいショウ・ウィンドーがあって、その中の朱い珊瑚《さんご》の枝にかけられた真珠の頸飾が、まゆみの足を引止めた。

「まあ、きれい」

光も足を止めた。

「底光りがしてやがるな、真珠って奴は」

まゆみはまだ、そこを離れられずにじっと見ていた。そのとき光の手がまゆみの肩にあたたかくふれて、子供が思いつめたような調子でこう言った。

「あれ、要らない？」

「え？」

まゆみはびっくりしてふりむいた。

「あれ、買ってあげてもいいんだけど」

「うそばっかり」

「本当だよ。ほしければ、僕、あげたいんだ。本当だよ。要らない？」

千葉光は真剣な表情をしていた。彼のこんな真剣な表情をまゆみは見たことがなかった。そしてその足はそのまま店へ入って行きそうにした。

「いいのよ」

まゆみは光のコートのはじを強く引張った。そこで二人は真珠店の前を離れて歩きだした。光は黙っていた。まゆみがもう一度やさしく言った。

「いいの」

これで千葉光は完全に失恋したわけであるが、その淋しそうな横顔をチラとぬすみ見たまゆみは、急に光の淋しさに伝染しそうな自分を感じて、おやと思った。

『一体失恋したのは、千葉さんなのかしら？　それとも私なのかしら？』

——次の角の駐車場に、千葉のオールズモビルが止っていた。まゆみはそこから築地の『ジプシイ』まで千葉の車に送られてかえった。

看板に偽りあり

水道橋の野球場で、昭和芸能社の大ジャズ・コンサートのひらかれる日が来た。当日は幸い快晴で、関係者一同はホッとした。東京のほうぼうの町角には、このジャズ大会のポスターが貼られていた。

晩秋に贈る
青空ジャズ大会
昭和芸能社のクリーン・ヒット!
出演楽団——シルバア・ビーチ
アロハ・ハワイアン
ステイジ・ブリリアンツ
ニュー・アトランチック
オルケスタ・カンパネイロ

この他五つ、都合十の一流楽団名に、七人の一流歌手の名が列挙してある。シーズンに何度とない大規模なコンサートである。

シルバア・ビーチの楽屋入りは開場三十分前ということだった。一同が控室に入って見ると、他の楽団はまだどこも来ていず、ふしぎなことにポスターに出ていない二流楽団のリズム・アップルスの楽団員が、そろいの紺のブレイザ・コートの胸に、赤い大きな林檎の徽章《きしょう》をつけた姿で出を待っていた。

こういう二流バンドと一室に入れられるのは、シルバア・ビーチとしてもいい気持ではなかった。そこはバンド・マンらしく愛想よく挨拶を交わしたが、お互いに何の話もせず、それぞれ別々に固まって話しているので、控室には冷たい空気が漂った。

ニキビだらけのギターの石川が、口をとんがらかしてまゆみのそばへ寄ってきて、

「ちょっとまゆみ」

と言って、彼女をドアのそとへ連れ出した。

「一体どうしたんだい。もう十分で開演ってのに、他のバンドは見えないし、あんなチンドン屋みたいな連中と一緒にされてさ」

「あたしも変だと思ってるの」

「オイしっかりしてくれよ。まゆみ」

「ちょっと調べてくるから待っててね。それに第一、芸能社の社長も来ていないし、おかしいのよ」

まゆみは暗い廊下をとおって、主催者である昭和芸能社の連中が詰めている部屋のドアを叩いた。ドアをあけると、専務という四十恰好《かっこう》の男をとりまいて、四五人の柄のわるい連中が、ビールを呑んでいた。

まゆみはツカツカと専務の前へ行って、

「他のバンドがまだどこも来なくて大丈夫なんですの？」

「ええ、ええ」と専務は気味のわるいほど、愛想がよかった。「今連絡しておりますから、もう見える時分と思います。あるいは開場は十分ほど遅れるかもしれませんが、万一のために補充のバンドも呼んであります」

「それがあのリズム・アップルスなんですの？」

「ええ、さようです」

「でもあれはあんまりいいバンドじゃありませんわ」

「さよう。よくはないようですな」

「私たちの出番は何番目なんですの？」

「ええ、プログラムには二番目になっていますが、まあ、出の合図はちゃんとしますから、安心して待機していて下さい」

「安心して待機って」とまゆみは声を高めた。「予定もありますし、そんなに待てませんわ」

「まあ、いいでしょう、ね。ギャラをお払いすれば、安心していただけるでしょう。ギャラはちゃんとお払いしますよ。昭和芸能社はそこらの芸能社とちがいます」

「前金でいただけます？」

「さあ、どうぞ」

まゆみは専務があまり素直に金を払うので妙な気がした。しかしまちがいのない現金だったし、ちゃんと領収証を書いてその室を出た。

廊下のつき当りの階段を上ると、そこから広い青空の下の会場が見えるのである。まゆみはそこから、野球場のネットの下に建てられた仮設舞台と、それをめぐって半円形に並べられた椅子席を見た。ほぼ七分の入りである。このごろのコンサートは、一時のように何でも満員というわけには行かないのだから仕方がない、とまゆみは諦めた。しかしその会場を見て、まゆみは一脈の不安とかすかなイヤな予感を感じた。

控室へかえってくると、まゆみは首尾を待っていた楽団員にかこまれたが、同じ室のリズム・アップルスに遠慮して、小さい声で、

「ギャラはとって来たわよ。あとで渡すわ」と申し渡した。金の不安が消えると、若い陽気な連中はすぐまた屈託がなくなった。

今度は坂口がやって来て、

「まだ司会者も連絡に来ないが、どうしたんだろう」

「そうね。とにかくへんなコンサートだわ」

まゆみが気を揉《も》んでいるところへ、アロハ・ハワイアンの五人がどやどやとやって来た。ポスターに書かれたバンドの一つで、ハワイアンのバンドとしては一流である。アロハ・シャツの襟を出した季節外れの白い背広姿のその連中は、何事もなげに、

「やあ、また会ったな」

と、シルバア・ビーチの一人一人と挨拶を交わした。

それを見て坂口もまゆみもいくらか安心した。おくれた開演を急《せ》かす拍手と口笛が会場の方からきこえて来た。

進行掛の与太がかった青年が楽屋へやって来た。

「リズム・アップルスの皆さん出番ですよ」

のそのそと出てゆくリズム・アップルスの連中を、あとの二つのバンド・マンたちは、妙に酸っぱいような表情で見送った。

会場のほうで不本意な拍手が起った。

「おかしいな、なんてヘマな会社だろ」

「一番先に、ポスターに出てないバンドを出すなんて、お客をバカにしてるね」

とベースの織田が眠たそうな声で言った。

そこへアロハ・ハワイアンのマネージャーの肥った土屋という男が入って来た。

まゆみをいきなりつかまえると、

「まゆみ、お宅のギャラとったかい？」

「とったわ」

「そりゃよかった。ギャラでもとっとかないと危いぜ。とんだインチキさ」

「えっ？」

と皆は立上った。

「こういうインチキがあるってことはきいてたが、現物に会ったのははじめてだよ」

「オイ他人事《ひとごと》みてえに言うない」

とアロハの一人がまぜっかえした。

「まあ落着いてきけよ」と土屋は、「このとおりギャラはとって来たし、俺たちには直接の損害はないんだ。舞台はちゃんとつとめればいいんだ。ただこのコンサートには、こりゃあ、俺たち二バンドのほかにはもう一つぐらいしか来ないぜ」

「へえ——」

「つまりだな。十バンド出演のポスターを刷って、それで広告しといてだな、プレイガイドなんかへ前売券を出すわけさ。それから、しょっちゅうプレイガイドへ切符の売行を電話で問い合せて、その出加減でだんだん楽団に出演を交渉して行ったにちがいないよ。そのうちポスターに出ていながら、断って来るバンドもあるし、第一、このくらいの切符の売れ方じゃ、五バンド雇っても採算がとれないと見たんで、俺たち二つ三つでごまかしたってわけさ。こういうインチキはいけねえな。与太芸能社のやりそうなことさ。しかし今更けんかしたってつまらないから、自分の出場《でば》だけ一生懸命つとめてサアーッと引揚げりゃいいんだ」

まゆみにもはじめて納得が行った。そうなると皆は気が急いて、貫禄をつけて遅い出番をのぞむより、早い出番で早く引揚げたいとあせるのだった。

ところが、二十分後の第二の出番は、まゆみたちのシルバア・ビーチではなく、あとから来たアロハ・ハワイアンだった。

まゆみたちがジリジリして待っていると、第三の出番はまたさっきのリズム・アップルスで、これで時間を埋めるために何度も出すつもりらしかった。

観客席からは何か罵声らしいものと、決して好意的でない口笛がきこえた。

『私たちのバンドを真打に据えるつもりだわ。どうしよう。そのときまでに、お客が怒ってしまわなければよいが』

まゆみは、彼女をいたわって、あまり不平を表へ出さない楽団員の手前、一層責任を感じてハラハラした。

そこへ、あたふたと、ステイジ・ブリリアンツの連中が入って来た。入って来て五分もすると、さっきの柄のわるい青年がドアをあけて、

「ステイジ・ブリリアンツさん、出番ですよ」

と言って立ち去ろうとする。まゆみは出て行って、

「ちょっと、あたしたちの出番はいつなのよ」

「この次ですよ。この次です」

しかし五番目もまた、リズム・アップルスの三度目の演奏だった。

お客たちの怒気を帯びた喚声が、だんだん高くなっていた。

群衆の怒り

……ようやくシルバア・ビーチの番が来た。じりじりして待っていた楽団員は、やけっぱちな腰の上げ方をした。バンド・マスターの坂口は妙にまじめな表情だった。コールマン髭《ひげ》でも、髭を生やしているのは彼一人だったから、彼が浅黒い顔を充血させて、ムーッとしていると、皆に威圧を感じさせるだけのことはあった。とにかく彼は、好加減ダレて来た一同に気合を入れようというつもりらしかった。

「おい、こんなときこそしっかりやらなくちゃだめだぞ!」

彼は部屋を出がけに、太い声で言った。それからまゆみのそばをとおるときに、耳もとで、

「心配するなよ」

と表情をかえずに言った。まゆみには、その坂口の思いやりが身にしみた。

廊下へ出ると、観衆の不穏なざわめきがつたわって来て、ジャズに熱狂するいつも

の観衆とは明らかにちがっていた。夕刻ちかく、いくらか風の冷たくなった青空の下で、何か暗い底流が渦を巻いているようだった。窓から見ると、ヤワな仮設舞台の上《かみ》手《て》に、丸い張出舞台をつけて、そこにドラムが置かれていた。舞台には幕がなく、青空に雲をえがいた背景の上部に、アーチ型に、「青空ジャズ大会」と書いてあった。

司会者が何か喋っているが、弥次《やじ》りたおされてまごまごしている様子である。

シルバア・ビーチの一同が、舞台へゾロゾロ出てゆくと、さすがさわぎは静まって、拍手がひびいた。しかしまゆみはいつものように、楽屋で安閑としているわけにはゆかず、舞台の袖に立って、舞台を見戍《みまも》っているつもりだった。

汗をふきふき舞台からかえって来た司会者の清川は、まゆみの顔を見ると、首吊り人をまねて、自分で自分の首をしめて、舌をダラリと垂らしてみせた。

「なによ、そのまね」

「もうダメだよ。まゆみ。こんなコンサートに出たら、俺の看板もきずものになっちまう。俺が何を言ったって、お客が昂奮して何も聴いちゃいないんだからな」

「何だか不穏な形勢ね」

「このままお客が大人しくかえるかどうか疑問だな。プログラムの半分も出てないんだからな。何しろ相手がティーン・エージャアの子供ばかりだから、始末がわるいや。

このごろの子供は世智辛いから、こりゃあ下手すると入場料を返せってさわぎになるぜ」

清川の胸ポケットの下のところに、白い小さな固まりがついているのに気づいたまゆみは、

「それ、何よ。何かついてるわ」

と注意したが、言われてつまみとった清川は、指を振って、それをふり捨てた。

「汚ねえ！　チューインガムを投げつけやがったんだ。このごろのお客のタチの悪さったら！」

彼がプリプリして何か独り言を言っているのを聞き流して、まゆみは演奏中のシルバー・ビーチの人々の舞台姿を眺めた。坂口はテナー・サクスを吹きならし、若禿の本多はバイブラフォンを、ニキビだらけの石川はギターを、織田は大きなベースを抱えて、それぞれ自分の楽器と取組んでいた。松原は端麗な冷たい横顔を見せて、ニコリともせずにピアノに向っていた。

上手の円い張出舞台の上では、工藤がたくさんのドラムの上に体をかたむけて、巨大なガタガタのトラックを、デコボコ道の上に大わらわで運転している運転手といった恰好《かっこう》で、あちこちのドラムを打ち鳴らしていた。

一見何事もなかった。お客は静聴していた。音楽は、騒々しい小鳥の群のように、やや雲の多くなった秋空へ、拡声器を通して、景気よく飛び翔《た》って行った。

案外静かに曲目は進んで、司会者の清川も安心して来た。

司会者は指先で一寸《ちょっと》蝶ネクタイを直して、いつもの踊るような恰好で出て行った。

「さア、次は何でしょう。シルバア・ビーチ十八番中の十八番、あててごらんなさい」

その司会者の質問に、

「ドラム・ブギ!」

「ドラム・ブギ!」

という無邪気な叫びにまじって、

「うるせえぞ。引込め引込め」

「余計なこと言ってないで、早くやれ、やれ」などという柄のわるい罵声がまじった。

清川は好加減のところで引込んだほうが無事だと思ったものか、考えていた駄洒落《ギャグ》も出さないで、はっきり気のない態度で、声だけ威勢よく、

「ハイッ、では、ドラム・ブギ!」

とバンドへ渡して、さっさと退場した。

烈しい、躍動的なブギの合奏が、やがてドラムの独奏の箇所《ソロパート》へ来ると、お客はいつものように熱狂して、拍手と口笛と足拍子で浮き立ち、うしろのほうのお客は立上った。

「これなら大丈夫だわ」

その昂奮が、全く音楽に融け込んだ昂奮に見えたので、まゆみがホッと安心したときである。

うしろのほうの四五人のお客が、熱狂して、

「工藤！　工藤！」

と叫びながら前方へ出て来た。ジャンパア姿がまじった学生ばかりで、工藤のファンらしい。そして、工藤がドラムを打っている円い張出舞台の下まで来て、

「やれやれえ！　しっかりやれ！」

と掛声をかけた。すると、

「見えないぞ！　前で立つ奴がいるか」という罵声がおこり、女の悲鳴のようなものが鋭くきこえた。

群衆の熱狂というやつは、堤防の決潰のようなもので、ほんの小さな穴から一どきに崩れるものだった。前の方に四五人立ったので、よく見るためにどやどやと椅子か

ら立上る一団があった。するとその動きはほかに波及して、罵《ののし》り合いながら、先を争って、通路を舞台の前まで駈けてくる一群が、立上った一群の一人の足でも踏んだのであろうか、悶着がおこって、怒声が交わされた。

そのあいだ、工藤のドラムの連打はますますはげしく、工藤自身は、髪は汗ばむ額に貼りついて、群衆の動揺などは目に入らぬ様子だった。

拍子と喚声と、罵りと怒声とは区別がつかなくなり、悲鳴か笑い声のような黄いろい声が、稲妻のようにひらめいた。

まゆみの胸はドキドキしだした。容易なことではすまないことがわかったのである。彼女は事務室へ知らせに行こうとしてふりむくと、さっき事務室にいた柄のわるい青年たちが、あわただしく廊下をこちらへ駈けて来るのが見えた。まゆみは軽蔑して見ていたこの連中が、今はたのもしく見えて、咄嗟《とっさ》に声をかけた。

「大変よ！　大変よ！」

しかし青年たちはそれには答えないで、一寸幕のかげからのぞくと、

「俺たちだけじゃ始末がつかねえや。オイ、もっと呼んで来よう」

と言い捨てると、またバラバラと駈け去った。

群衆は昂奮の極に達して、いったい音楽に昂奮しているのか、別の目的があるのか、

自分たちでもわからないようにみえた。

「金を返せ！」

「金を返せ！　インチキだぞ！」

という声もきこえた。そのうちに、工藤のすぐ下にいた一人が押されて、舞台の端に手をかけた。ありあわせの材木で急場しのぎにこしらえた仮設舞台の端のほうが、メリメリとこわれた。そして工藤の坐っている円形の床は斜めに傾き、ドラムがグラリと崩れて、お客のほうへころがって行きそうになった。

工藤ははじめて気がついたように演奏をやめた。一瞬茫然としていたが、棒をあわててポケットに挿すと、ころがろうとする大事なドラムを、両手で抱えて護った。それは彼の頭文字が描かれている大事なドラムであった。

群衆の昂奮は、舞台がこわされたので、なお倍加された。板をはがす不気味な音が起り、舞台の丸い周辺の杭が人の力で倒された。

ほかの楽団員は、身うごきもしないで、ドラムを必死に護っている工藤の背後にかけよった。まゆみも思わず舞台に出て、かれらの間に立ったが、大きな怒濤を前にしているようで、なすすべもしらなかった。ただ体の内部がスーッと冷えてゆく感じがし、思わず、坂口の腕につかまった。

その時、傾きかけた舞台の上へ、緑いろのスーツの女が、身軽に駈け上った。熱狂している群衆の頭を踏台にして上ったのではないかと思われるほど、彼女は、怒濤の中からすばやく舞台の上へ飛び移った。目は鋭く光り、無表情な顔が固く締っている。

『まア、安子さんだわ』

まゆみは夢を見ている思いだった。

安子は大きく両手をふりあげて、うずくまっている工藤の前に立上った。この高慢なお嬢さんは人を見下すことは馴れているように見えた。彼女は召使を叱るように、高い、張りのある声で叫んだ。いつものものうい調子はどこにもなかった。

「何よ！　おちつきなさいよ。おちつきなさい。工藤さんに何の罪もないじゃないの。工藤さんをいじめて何になるのよ。冷静に考えればわかることじゃないの。おちつきなさいったら！」

彼女は革命を指導する女の英雄のようにみえた。多少目は吊り上っていたが、その態度は立派で落着いてみえ、群衆の上に君臨していた。

「引込め！」

「生意気だぞ！」

罵声もあがりながら、たしかに群衆はひるんだようだった。

まゆみは感動した。この女闘士の演説をもっときいていたかった。まゆみからは安子の背中しか見えなかったが、怪物政治家の娘の全身に躍動している力が、緑のスーツの背中と乱れた髪から十分に感じられた。

しかしこれを汐時と見込んだものか、舞台の袖から、昭和芸能社の十数人の愚連隊が、ドヤドヤと雪崩《なだ》れ込んで来た。そして口々に、

「オイ、早く逃げろ」

「楽器もって、早く逃げるんだ」

と小さい声で楽団員を促しながら、円い張出舞台の周辺へちらばって、群衆のなかへ飛び下りた。

お客の一人がなぐられたらしく、群衆はひるんで退いた。愚連隊の連中は、張出舞台をかこんで構え、とんだ逆襲に会った若いお客たちは算を乱して、出口のほうへ逃げだした。

「楽器！　楽器！」

ようやく坂口の大声が皆の耳にひびいた。一人一人が自分の楽器と、一つ一つ工藤のドラムをかかえて、楽屋へ通じる廊下へ駈け出した。自分のドラムを護り了《おお》せた工藤は呆然と立上って、皆のあとをついて歩きだした。安子が彼と腕を組んだ。そして

工藤はやっと、自分の腕をとった女に気がついたように、舞台の袖の暗がりまで来ると、力いっぱい安子を抱きしめた。

一種複雑な感動で、それを見守っているまゆみの肩に、坂口はしずかに手を置いた。

「行こう。もう大丈夫だ」

黄道吉日

一

その事件の後味はあまりよくなかった。激昂した群衆は、同時にシルバア・ビーチのかけがえのないファンであったのに、そのファンが愚連隊に追いちらされて、逃げなければならなかったのだ。しかも、本当にジャズを愛している若い人たちが、悪辣《あくらつ》な興行師のペテンに引っかかった上、愚連隊におどかされた結果になった。それを思うと、まゆみは自分の責任も感じ、楽団の人気も考えて心配になった。

結局、目に見える損害はなかったことになる。楽器はこわされなかったし、怪我もなかったし、ギャラも確保された。しかし目に見えない無形の損害が、まゆみは怖ろしかった。

幸いあくる日の新聞記事は、小さい公平な記事で、シルバア・ビーチに悪意を以て書かれた文章はなかった。まゆみはあくる朝、新聞を六つも買って見たのである。こんな場合、たとえ悪意の記事でも、シルバア・ビーチの名がデカデカと出ることをのぞむような、商売人根性は、まゆみにもなかったし、楽団員にもなかった。

まゆみは楽団員一同に、こんな契約を結んだ自分の不明を詫びたが、はじめから高いギャラにとびついた俺たちが悪かったんだ、と却《かえ》って皆がまゆみを慰めた。ただみんなが本気で心配し、心をいためているのは、ファンの人たちのことだった。

二三日して、一通の手紙が、シルバア・ビーチの住所になっている築地のジプシイに届いた。ある新制大学の女子学生十人の、頭文字ばかりの連名である。

「シルバア・ビーチの皆さま、

私たちは数多いジャズ楽団の中でも、シルバア・ビーチの方々の若々しい真摯《しんし》な演奏が一番好きです。この間の青空ジャズ大会にも、楽団のお名前を見て、誘い合わせて愛好者十人で出かけました。あの興行のひどいやり方には、たまらない憤懣を覚えましたが、シルバア・ビーチさえ出てくれればいいと、それを念じておしまいまでいたのです。するとあのさわぎになり、むしろ私たち観客と同様に、興行師の犠牲になられた楽団の方々へ、ああやって暴力をふるおうとした人々を見て、これが今の私たちティーン・エージャアかと思ったら、その知性のない行為に、むしろもっと激しい憤懣をおぼえました。幸い、同性の勇敢な方が工藤さんをかばって下さって、ホッとしました。お怪我もなかったようで本当によかった。

でもこの手紙を書きましたのは、私たち学生には何も派手な御見舞を差上げる力はありませんけれど、ただ、ああいう騒ぎをおこした十代の若い観衆の一人として、愛するシルバー・ビーチの皆さまに、心からお詫びしたいと思ったことと、こういうファンもいることを知っていただいて、ジャズ・ファンにどうぞ絶望しないで下さい、と申上げたかったからにすぎません。

これからも、情熱に燃えた力強い演奏をつづけて下さいますよう、心からお祈りします」

まゆみは手紙を読み了《おわ》って、うれしさに飛び上りたい気持だった。

知己というものはいるものである。彼女は坂口はじめバンド一同に、その手紙を読んできかせた。

「どんな表彰状をもらったより私うれしいわ」

「そうだな。ファンってありがたいもんだな」

「とにかくいつもベストをつくせばいいんだ」

と皆は言い合った。どの顔にも純真な喜びがあふれていた。

——このころ、シルバア・ビーチには、毎日みんなが話題にしてもし足りない愉しい事件が起っていた。工藤と安子が急に結婚することになったのである。

まゆみの目には今まで安子はアプレの標本みたいにしか映っていなかったが、あの決死的行動以来、彼女をすっかり見直していた。それはつまり、安子という女性が、まるで女の大星由良之助みたいに、本心を隠して、のらくらした女に見せかけていた、ということを意味しない。ふだんの不誠実みたいな、半分ふざけたような、何一つ真実味のなさそうな性格と、あの天晴《あっぱ》れな勇敢な行動とは、一つものだった。つまり安子はずっと工藤を愛していたことになるのだが、だんだんまゆみにわかって来たことは、安子がふつうの女の感傷味をもたず、ひっきりなしの愛の表白やまごころの押売りを、面倒くさがる性格だということだった。彼女は、工藤を好きだと思っても、それを固苦しく考えないで、すぐ忘れてしまうように、自分でも思い込むらしかった。忘れているときでも、今は工藤を愛していないと考えたりはせず、とにかく物事をいじくり廻したり、こんがらかして自分でわからなくしてしまうといった傾向を、金輪《こんりん》際《ざい》もたない女だった。そのくせ、父親の遺伝で、一寸《ちょっと》政治工作を企てて、いつかのパーティーのように、わざと外人と踊りに来て、工藤に見せつけたりする。実際こんなに単純な女性ほど、男の目に、不可思議千万に、神秘的にみえる女性はないので、若い工藤が奔命に疲れたのも当然だった。

しかし今になって考えれば、工藤のいろんな悩みは幸福な独り角力《ずもう》だったことになり、しかも安子のこんな性格のおかげで、工藤はますます深く安子を愛する結果になった。これではやりきれん。というので、結婚を急ぐ段取になったらしいのである。

こういう経緯をはたから見ていると、まゆみは自分の心の動き方を、反省してみずにはいられなかった。

まゆみは自分では決して道徳家のつもりはなかったが、おそらく経験の不足から、恋愛というものを型にはめて考えすぎ、またその結果、経験に対して極度に臆病になっている自分を見出した。

『何だって私は、丸山さんは好き、ほかの人は好きではない、って決めてしまうのかしら。自分の決めたことで自分を縛ってしまい、他人の目でものを眺めてみようというゆとりがないのかしら。そうだわ、私、忙しすぎるんだわ』

これはおそらく、まゆみがあの夢みたいな初恋に対して批判的になれた最初の機会であった。

二

工藤と安子の結婚披露宴は、派手好きな安子の父の主張で、小石川の静山荘を借り切って行われた。

二人の結婚について、安子の両親は、実にあっけないくらい簡単に賛成した。母親は毎晩遊びに出かけ、ポーカアをしては夜を明かす有閑マダムで、娘のことなど、面倒くさくて考えたこともなく、結婚の相手がたとえ青目玉でも、愕《おどろ》かなかったにちがいないが、父親の賛成には、父親らしい愛情があった。彼は多忙な生活の中から、月に一ぺん、娘と一緒に遊びに出かける習慣をもっていたが、ジプシイへも出かけて、娘の男友達という工藤なる青年の、人物試験はすましていた。彼はまた政治家特有の無邪気な自信で、一目で人間を見抜けると思っていた。しかしめずらしく慎重なことに、安子からいよいよ結婚話がもち出されると、工藤を柳橋の待合へ呼び、まじめな話には不似合なこの場所で、青年がどういう固くなり方、あるいはどういう砕け方をするかをつぶさに観察した。その結果、彼が今時の派手な商売に似合わずなかなかしっかり者だという判断を得たのである。

工藤の家庭は下町の手がたい小工場主で、この履歴は、立志伝中の人である怪物政治家の気に入った。彼は旧華族の、金もないくせに大きなことばかり言うドラ息子のところへ娘をやるよりも、よほど賢明な縁組だと考えた。そして工藤をつかまえて、金持の娘をもらって苦労した自分の経験を、親身に面白おかしく教えてやった。

怪物の娘と人気高いドラマーとの結婚は、ジャーナリズムの好餌になり、話がきまるとから、新聞記者や雑誌記者が二人を追っかけまわした。披露宴の会場ではフラッシュのたえまがなかった。

なかんずく意地の悪いジャーナリストの目をたのしませたのは、新郎新婦それぞれの両親の対照の奇抜さで、工藤の両親は、素朴そのもので、ひたすら怪物に対して恐縮していた。下町の人らしいペコペコすぐ頭を下げるお辞儀の仕方は、政治家夫妻の鷹揚《おうよう》さと面白い対照だった。殊に安子の母親と来たら、鷹揚さをとおりこしていて、今日をまるで自分のためのパーティーのようにふるまっていた。裾模様《すそもよう》の着物を絶対に着たがらぬ彼女は、花嫁が顔負けするほどの派手なアフタヌーン・ドレスに、宝石をいっぱいぶらさげて現われたが、その日はじめて紹介されたピアノの松原のほうばかり眺めていて、庭の模擬店やカクテルの気ままな交際がはじまると、すっかり松原をつかまえて離さなかった。松原のほうも、大人しく、満更でもなく相手になっているのを見て、石川と織田は、こんな陰口をきいた。

「やっぱりあいつ年上の女が好きなんだな。あの『デコレーションばばあ』ともし松原が結婚したら、どういうことになるんだい。工藤が松原をつかまえて、パパよ、っていうことにでも……」

三

――静山荘の庭は、むかし明治の元勲の邸であったが、十一月の黄道吉日の今日はすばらしい快晴で、その壮麗な庭を眺めるによく散策するによかった。

会場の建物から見渡すと、ここはとても東京の中とは思えず、地平線上には木立のはざまから、模糊《もこ》とした遠いビルディングの群像が、白く雲のように見えるばかりで、電車や自動車の音もきこえず、別天地の観があった。両側から、左右不相称の斜面が中央の谷間へ流れており、右方は丘のいただきまで芝生に包まれ、その頂きに古い五重塔と数本の巨樹を載せていたが、左方のやや低い丘は、一面に赤らんだ雑木林に覆われていた。そして会場の前の芝生も、幾条かの石段を走らせて、谷間へむかってスロープをえがき、谷間の池は、池の周囲の深い木立に包まれて、上からはときどき水の反映がきらめいて見えるだけであった。散歩道はさまざまな迂路をえがいて、庭をまんべんなく廻っていたが、その道の高低で、庭のけしきの印象が一変することは勿論である。

すべてにいかにも明治の庭園らしい豪快なわかりやすいコセコセしない構図と、いくぶんの成金趣味がみなぎっていた。

まゆみが坂口に誘われて、庭先の模擬店で焼鳥をたべていると、建物の中から音楽が油然と起った。

その日のバンドには、きょうは花婿とお客にまわったシルバア・ビーチの代りに、親しいバンドのステイジ・ブリリアンツが頼まれて来ていた。曲はわざと選んで、戦前の映画主題歌を並べていた。

マイクを通じて、ゆるやかなリズムで、女の歌声がひびいてきた。

「マリ子だわ。いい歌ね」

とまゆみは耳をすましました。

「昔の歌はよかった」

と坂口は二串目の焼鳥をほおばりながら言った。

うららかな小春日和の青空へ、音楽はにじむように流れた。

「昔はよかった、っていう年？　坂ちゃんも」

「そろそろね」

「時代におくれるわよ、あなた、しっかりしなくちゃだめよ」

　まゆみはわざと大袈裟《おおげさ》に言った。

　坂口は庭の遠くをながめて、

「あの五重塔のところへ、どっちから行ったら近いかなあ。一寸行ってみたくならないか、あそこまで」

「そうね」

　昔の風景画の点景人物のように、遠い丘の上や松のかげに、三々五々散歩している人の花やかな着物の色が見えた。

「ぶらぶら歩いてみないか」

「いいわね」

　その実、まゆみは、安子の招待客らしい周囲のブウルジョア夫人たちの、これ見よがしな社交の賑《にぎ》やかさに、多少反感をそそられていたので、そう言うと、むしろ坂口の先に立って、池へ下りる石段を辿《たど》りだした。

「よくそんなとんがったハイヒールで、器用に石段を下りるもんだな」

「軽業も馴れひとつよ」

　何となく、強いて陽気に見せかけていたような坂口は、まゆみと二人きりになって、木下道を下りだすと、何か暗い面持で黙ってしまった。

　道は木かげに覆われた池のかたわらにみちびいた。水鳥が人が来ても平気でうかんでおり、木影のいっそう深いところに、わざと風雅にしつらえたのか、沈みかかっている燻《くす》んだ木の色の破船があった。

「きょうの花嫁花婿は、見ていて気持がいいわね。イキがぴったり合っているんだもの。舞台でぴったりイキの合っているデュエットをきくような気がするわ。あの夫婦、きっと合性よ。工藤ちゃんは、内攻的な情熱をドラムで発散するってたちだし、安子さんは、ふだんのんびりしていて、時々火山の噴火みたいに、情熱を爆発させるたちだし……」

「うん、いい夫婦だな」

　坂口は口が重かった。そして足もとの小石をひろって、それを野球のポーズか何かで景気よく池に投げ込むかと思うと、そうではなく、石橋の中途で立止って、ポトリと池の中へ落した。陰気な音がそれにこたえた。

「俺はね、ああいう幸福そうな新郎新婦を見ると、何だか気が滅入ってしようがないんだ。俺は、はじめから方向を誤ったよ。今となっては……」

まゆみは橋を渡って、上り坂になる道をゆっくり歩きながら、しかし敏感にさえぎった。

「それから先、きいてあげてもいいけど、あとで後悔しない？　女なんかに洗いざらい打ち明けちゃって、あとで腹が立たない？　もしそういう覚悟があるなら、私、よろこんできいているけど……」

「うむ」

「私って先走りすぎるのね。出しゃばりね」

「いいや。まゆみのようなのが本当の親切なんだ。……まあ、結婚式の日に、グチはよしましょう。トニイ・谷流に、『家庭の事情』で片附けとくか」

二人は一応心おきなく笑った。

道の登りつめる空に、五重塔の屋根が見えかけていた。

扇の宛名《あてな》

ある晩、まゆみは『ジプシイ』に出演している楽団に附添って、入口の外套置場《クローク》の前のソファで、次の交代の楽団員とむだ口をきいていると、マネージャーのスティーヴ・オコーナーがやって来て、指を一寸《ちょっと》動かして、まゆみに話があるという身振をした。

例の十万円値上問題と、まゆみにこっぴどくふられた事件とのあとも、そこはアメリカ人のいいところで、スティーヴはこの女は見込がないとわかると、さっぱりした友達になった。そこで何か仕事の話だろうと思ったまゆみは、気楽にその席を立ってスティーヴに近づいた。

スティーヴはキチンとディアナ・ジャケツを着て、暗い照明の下に白い烏賊胸《いかむね》を目立たせていた。音楽が場内にあふれているので、彼の内証話は少し声を高くせねばならなかった。

「ねえ、まゆみ、実はぜひ君に会いたいというお客があるんだけど会ってくれない」

「私に？」

まゆみはちょっと神経質な顔をした。そこは経験のあるスティーヴはすぐ気がついて、

「いや、決してへんな用じゃないんだ。何でもまじめな話で、人にことづかって来た用を、ぜひ君につたえたいんだって。一週間ほど前にここへ僕の友達と一緒に遊びに来たので知り合った男なんだけど、X通信社のドナルド・ハンティントンという政治記者だよ。まじめな男だし、迷惑な話じゃないと思う」

「そう、行ってもいいわ。でも何の話でしょう」

まゆみはスティーヴに案内されて場内へ入った。仄暗《ほのぐら》いなかに、各テーブルの上には、磨硝子《すりガラス》の円筒に入った蠟燭の焔がまたたいている。奥のせまい踊り場では、人々がひしめき合って踊っている。曲はチェンジング・パートナースである。

壁際の小さいテーブルに、一人のアメリカ人がオールドウブルの皿とハイボールを前にして行儀よく坐っていた。アメリカ人にはごくありふれた丸顔で、少し上向きかげんの愛嬌のある鼻をしている。毛もくじゃらの大きな手に、一本の白檀の扇をもっていて、それをひらいたりとざしたりしながら、退屈そうに踊りの群を眺めている。

　スティーヴが紹介したので、まゆみは握手の手をさし出して、

「ハウ・ドゥ・ユウ・ドゥ」

と言って事務的ににっこりした。スティーヴはまゆみに椅子をすすめると、忙しそうに行ってしまった。

「さて、何から先にお話したらいいか……」ドナルドは、大きな指環をはめた指で一寸額を叩いた。「……あなたはたしかに朝日奈まゆみさんですね」

「ええ、そうですわ」

「何か飲物はいかが」

「スロウ・ジン・フィーズ」

　注文してから話し出したドナルドの口調で、まゆみには不真面目な話ではないことがわかった。

「僕は東京へ来る前香港《ホンコン》にいたんですが、東京へ来てから、あなたのお名前だけ知っていて、何とかしてあなたを探し出そうと思いながらチャンスにめぐまれなかったんです。誰にきいても、あなたのお名前を知っている人はありませんでした。それが偶然このナイト・クラブへ来て、マネージャーがあなたのお噂をするのをきいたんです」

「私は別に有名じゃありませんもの」

「いや」

そこへ注文した酒が運ばれて来たので、まゆみは口をつけた。この外人が何を切り出すのかまるでわからないので、奇態な不安が胸に湧いた。

「実は、この扇子なのです」とドナルドは白檀の扇を大きくひらいてまゆみの顔の前であおいでみせた。

「まあいい匂い」

まゆみは思わず目をとじてその匂いをきいた。白檀のけだかい匂いは、このアメリカ風のナイト・クラブの喧騒を一瞬忘れさせ、東洋の古い山水画のなかの、竹林にかこまれた仙人の庵にでもいるような気持にさせた。静かな郷愁の匂い、枯寂《こじゃく》のなかにどこか艶《つや》やかな匂い、まゆみは何かその匂いが自分の心の一番深い部分にしまわれた記憶をよびおこすような気がした。

「この扇子ですがね。香港で知り合ったある日本人からことづかって来たものなんです。日本へ行ったらぜひ朝日奈まゆみという人に渡してくれ、というたのみなんです。香港ではその日本人と相当深く附合いましたし、僕としても気軽に引受けて日本へ来たわけでした。ところがどうしてもあなたが見つからない。やっと今見つかりました」

ドナルドは大きく手をひろげた。

「これでお渡しすれば責任は果したことになります。僕も大いに安心した。その上、あなたのお名前をきいて、まだ見ぬあなたを想像しているうちに、僕はいつのまにかすてきな美人を想像していたのですが、現実のあなたにお目にかかって、期待を裏切られなかったどころか、想像以上に美しいので、僕としても大いに幸福を感じました。夢は破れないことはめったにない。しかし僕が日本に対して抱いていた夢は破れなかったことになります。それだけでも僕はあなたに感謝しなければならない」

ドナルドは扇をまゆみに渡すと、何気なく、こう附加えた。

「何だか骨のところに、日本語で何か書いてあるようですが……」

まゆみは夢心地で扇子をうけとった。すばらしい贈物であった。白檀の三十の薄片に精巧な透かし彫が施され、それが白絹のリボンで綴られ、白銀の要《かなめ》でとめてある。手にとれば軽くしなって、さらさらとほどけるように扇はひらいた。

まゆみは裏表をかえしてみて、いちばん端の木片の裏に、黒い小さな字が書かれているのに目をとめた。そこで、蠟燭のあかりに照らし、顔をよせてこれを読んだ。

まゆみの顔は真蒼《まっさお》になった。

その手はひどくふるえ、胸がおそろしい鼓動を打った。もう一度たしかめて読む。たしかに読みちがえではなかった。

「まゆみよ、僕は生きている。丸山五郎」

扇の小さな字はそう読まれた。

初恋はよみがえるか?

一

……まゆみにはどうしてもこの奇蹟が信じられなかった。そこで今度はまゆみが矢継早に質問を浴せかける番だった。

「それで、その人、丸山っていう名前でしょう」

「マルヤマ?」とドナルドは考えて、「いや、ちがう。コンドウという人です」

「それじゃあちがうんだわ」

まゆみは深い吐息をついた。何もかもがその一言で崩れるような気がした。これはあるいは五郎の友達が、五郎の臨終に託された扇子かもしれない。それならそれでいい、なまじ五郎が生きていたりせず、すべてが元のままのほうがいい、とまゆみはめまいのするような妙に甘い気持で考えた。……しかしもう一度たしかめたい気持が、むらむらと頭をもたげた。

「それでその人、五郎って名じゃありません？」

「おお、ゴロウ、ゴロウ。僕たちはいつも姓を呼ばずに、彼をゴロウと呼んでいました」

またわからなくなった。

「その人、頭を丸刈にしていまして？」

「いや」とドナルドはキョトンと目をひらいて、首をふった。「長髪でした」

それはそうだ。終戦後今まで丸刈でとおしている義理はないのだ。

「その人、きらきら光る鋭い目をしていまして」

「そうですね。鋭い目でした」

「年は？」

「そう、日本人の年は僕らにはよくわからないのでね、一度からかってこうきいたことがある。『君は一体いくつだろう。三十歳にはまだ大分あるだろう』そうきくと、ゴロウは事もなげに、『僕は二十歳《はたち》さ』と答えるんです。いくらなんでも二十歳には見えませんから、『二十歳ってことはないだろう』と重ねてきくと、こう答えました。

『僕の年齢はもう存在しないんだ。二十歳の時に僕は死んだのさ。それ以来、僕の年はなくなったんだ』と謎のような返事でしたよ」

「まあ」

まゆみにははじめて納得が行った。これだけ時間をかけたので、もうまゆみは愕《おどろ》きをとおりこし、なんだかやたらに気がせいて、さっき顔が蒼《あお》くなったのとは反対に、頰がかっかとほてって来た。ここらで気を落着けなければならない。そういう時には女は鏡を見る。精神状態が乱れて来ると、お化粧も崩れたような気がするのである。

ハンドバッグをあけて鏡をとりだそうとしたまゆみは、ふと気がついて奥のほうにいつもはさんである一葉の写真をとりだした。すでに落着いた微笑で、彼女はその写真をドナルドに示すことができた。

ドナルドも微笑して写真をうけとった。

二十歳そこそこの五郎の顔、紺絣《こんがすり》をきちんと着て、丸刈の頭に、目ははげしい情熱を放ち、口はきりっと結んでいる。

「ふうむ、これが五郎の二十歳の写真ですか。なるほどなあ、似ている、似ている。髪の形が変っているのではっきりしたことは言えないが、たしかにこの顔です」

「では生きていますのね」

まゆみはつき もの の落ちたようながっかりした声で言った。その声には心なしか力がなかった。しばらくして、まゆみは唐突にこうきいた。

「五郎さん、英語は上手でして？」

「とても、とても上手」

「まあ、そうしてアメリカのことをどう言っていまして？」

この奇妙な質問がわからなかったらしく、ドナルドは「え？」とききかえした。

「いいえね、五郎さんはアメリカに好意をもっていまして？」

「勿論ですとも。彼は半分アメリカ人みたいなものですもの」

「まあ、それどういうこと」

「残念ですが、それは申せません」

政治記者のドナルドの返事ははっきりしていた。

まゆみは呆然とした。何も感じられず、何のまとまった考えも頭にうかんでは来ない。耳もとでがなり立てる楽団のトラムペットがうるさいばかりだ。その呆然自失が長くつづくにつれ、何だかまゆみは人前をつくろっていられなくなる自分に危険を感じ、その場に倒れてしまうか、急にとてつもない大声をあげるか、それともみっともないほど大泣きに泣いてしまいそうな気がしたので、急に椅子を立上ると、こわばった微笑でこう言った。

「ではどうもありがとうございました。私ちょっと用事がありますので」

そのまゆみの手をドナルドの大きな手が軽く押えた。

「それはひどい。折角僕が苦心してあなたを探し出して、扇子をお渡ししたのだから、一度ぐらい踊って下さっても」

それはいやとは言えなかった。まゆみは黙って踊り場へ先に立った。

踊っているあいだ、まゆみにはまわりの人の顔もみえず、何の音楽だかもわからなかった。流行の曲をひとつのこらずそらんじているまゆみであるのに、いくら聴耳を立ててみても何の曲だかさっぱりわからなかった。機械的に踊っているので、ステップを何回か踏みちがえた。

パートナーのこのひどい呆然自失を、ドナルドは二曲目の踊りで、いやでも発見せねばならなかった。彼が抱いて踊っているのは形骸だった。魂のない土偶だった。ドナルドもこんなまゆみと踊ったことを後悔しはじめ、そのあまりにたえがたい沈黙を、どう収拾していいかわからなくなって、甘い声で、はなはだお人よしの質問を、まゆみの耳もとにささやいた。

「……よほど愛していたのですね」

その質問で、こらえていたまゆみの感情は爆発した。彼女は踊りながら、ドナルドの肩に額を押しつけて泣いた。

「止めましょうか」

「ええ、私、事務室でちょっと休みたいの」

「お送りしましょう」

まゆみは白檀の扇を大きくひらいて、それで涙に濡れた顔を隠した。しかしその仕草はいかにも優雅に見えたので、かえってまゆみの姿をみんなに目立たせ、外人の女客たちはめずらしそうに、事務室のほうへ歩いてゆく彼女を見送った。

事務室には人がいなかった。まゆみはソファに身をもたせると、

「どうもありがとう」

とやっと言った。勿論それが「出て行ってくれ」という意味だとわかったドナルドは、黙って目礼して事務室を出て行った。

まゆみは一人になると、白檀の扇に唇をおしあてて何度も接吻した。白い扇には紅の曇りがついた。やっとその扇の香水が何を意味しているかをまゆみはさとった。

「白檀……白い檀《まゆみ》……私の名だわ」

——泣きながら踊っているまゆみの姿を見て心配した楽団員が、交代の時間が来る

やおそしとまゆみを探しに行くと、彼女は気分がわるいという伝言をのこして、先に家へかえったあとであった。

二

まゆみのかえりがあまり早かったので、母は心配そうな顔を出した。三日もつづけて家へかえらなかったり、かえっても夜中の十二時前にはかえられない商売なので、早い帰宅は却《かえ》って気味わるがられた。

「早かったのねえ。お父さんはまだ目をさましてらっしゃるよ」

まゆみは病床の父の病みつかれた髭《ひげ》だらけの顔を見るのが怖かった。この半身不随の父親の目には、屍《しかばね》のように永年床に横たわっているのに、すべてを見とおし、まゆみの生活の隅々までも理解している光りがあった。その諦め切った平和な顔を見ると、今夜のまゆみは、きさくに「只今」とはとても言えず、わっと泣き出してしまいそうであった。

「一寸《ちよつと》気分がわるくなってかえって来たの。すぐ寝かせていただくわ」

「そりゃあいけないね。風邪かしら、それともお腹《なか》かしら。あんまり寒いから、両方へ来たのとちがうかしら。寒いと血管が収縮して、黴菌《ばいきん》をよけい吸い込むんだよ、きっと」

母はまた怪しげな科学知識をもちだした。

「いいえ、大丈夫なの。大したことないの。一晩ぐっすり寝ればきっと治るわ。きっと私このごろ寝不足なんだわ」

「寝不足がいけないんだよ。熟睡が細胞の若返りのもとですよ」

——母と口をききながら、何とか辻褄《つじつま》を合わしてゆく努力が、今やまゆみにはほとんど不可能だった。黙りこくって床にはいってしまうと、今度は闇の中で目が冴《さ》えてきた。

「あの人が生きている！　あの人が生きている！」

同じ言葉が際限もなく谺《こだま》を返して来て、まゆみはとうとう枕もとのスタンドの灯をつけた。そしてハンドバッグから例の写真をとりだすと、スタンドのきらめいているガラスの柱に立てかけた。たとえようない恋しさがあふれて来て、一人でいてもつつしみのあるまゆみであるのに、その写真に狂おしく接吻した。枕の下に置いて寝た扇をとりだし、扇をひらいて、ガラスの柱に立てかけ、写真をその一つの薄片にはさんだ。扇の透かし彫は微妙な影を落し、丸山五郎の顔は、その繊細な影のなかで、まゆみのほうへにっこり笑いかけるような気がした。

会いたい、今すぐに会いたい、とまゆみは切に思った。すると諸事事務的な彼女は、早速明日の予定を考え、ドナルドの住所をスティーヴからきいて、オフィスでも何でもかまわず押しかけ、五郎の香港《ホンコン》の住所をきき出して、明日じゅうに永い手紙を書こうと思いついた。

『そうだ。そうきめた！』

まゆみはスタンドのあかりを消して、幸福な気持で枕に頭を落した。とにかく眠ることだ。幸福にあふれて眠ることだ。しばらくまゆみはこの世のものとも思われないロマンチックな空想に酔った。

夜番の拍子木の音がきこえた。どこかで犬の遠吠えがしている。郊外の町の、冬枯れの生垣に沿うた小道、石畳の道や、石炭殻を敷いた道に、十二月の夜が深く立ちこめている。……遠く電車のとどろきが、夜の一角をどよもして消えた。

眠れないまゆみは、突然目ざめた。はじめて理性がよみがえり、いつもまゆみの最良の友であった理性が、相談相手として訪れて来たのである。

『今、あわてて手紙を出してはいけないわ。こちらに思いもかけない境遇の変化があった以上に、むこうにも殆《ほと》んど考えられない変化が起きている。あの五郎さんが英語をペラペラ喋る！　あの五郎さんが半分アメリカ人になっている！　あれほど国粋思想にこりかたまり、私に強い確信を吹き込んだあの人が！……そうだわ、私はあの人の亡きあと、まるで大事な遺産のように、あの人の思想を奉じてきた。今の世では時代おくれのあの思想は、いつも私の生きる糧《かて》だった。天皇陛下への絶対の愛、日本人としての絶対の矜《ほこ》り、理窟はどうあろうと、私は五郎さんの肉体を抱きしめるように、あの人の思想を抱きしめて来たんだわ。弱りかかる心、現実を知って利巧に妥協的になりかかる心を抑えて、いつも私は心の底からアメリカを憎んでいた。五郎さんの死の原因をなした敵国人を憎んできた。皮肉にもアメリカ人たちの真只中で生活しながら、女の弱い力で、いつも皮肉な反抗をたくらんでいた。私は五郎さんを殺した屈辱的な敗戦を決して忘れなかった。それ以後、私は一度もアメリカに負けなかった自信がある。

……私の肉体をほしがるアメリカ人に、すれすれのところで敗北を喫しさせてやることが、私には五郎さんの弔合戦のように思われた。アメリカ人たちの落胆した顔、もう一歩でものになりそうなところで打っちゃられた時のあのバカな顔、あの男の絶望的な表情、打ちのめされた表情が私は大好きだった。私はアメリカと冷たい氷のような関係を結んだ。それが私の復讐だった。

……だが今では、……これからの私はどうなるのだろう。五郎さんが半分アメリカ人！　一体あれは何を意味するのだろう。私にはわからない。しかし今の五郎さんが、この写真の五郎さんとは別人になっていることだけはたしかだ。境遇が変れば、すべてが変っていることはありうる。私の心は決して変らなかったけれど、むこうの心は……』

『でも忘れていない証拠に、この扇子を届けて来たわ』

と別な声がささやいた。

『いいえ、ちがう。こんなロマンチックな思い出の扇に、五郎さんは何ほどの期待をかけているだろう。昔の五郎さんは決してかえって来ない。昔の五郎さんは二十歳で死んだのだ。……やっぱりそう思ったほうがいい。昔の幻を大事にしたほうが賢明だわ。少くともあの人の生きていたことを喜びにして、私は私の道を行くべきだわ。妙な手紙を出したりして、一そう幻影をこわすようなことはしないほうがいい』

『それにしても……』

――まゆみにはわかっていた。それにしても今日世界は一変し、まゆみの生きる力としていたものは、少くとも崩壊してしまったことが。

再会

一

　まゆみはあくる日には元気になったが、魂を失った人らしい様子を隠すことができなかった。彼女は何もかも忘れようとした。しかし重大なことがいつも引っかかっていた。何のために生きているのかわからなくなり、少くともこの八年間、婚期を遅らせてまで張りをもって暮した八年間の意味が、あとかたもなく消滅してしまった。

　それでも時々、五郎が生きている、と思うことは、曇った空に急に一ヶ所日がさしだすときのように、心を歓喜にもえ立たせた。だがその喜びはすぐ消えた。別の不安が、生きている人間の定めなさを思う不安が、心をどんよりと淀ませてしまう。それに比べれば、死んだ人間の思い出は何と鞏固《きょうこ》なことか！

まゆみは一たん、『私は私の道をゆく』と思い定めはしたが、それがどんな道かまるきりわからなかった。別の愛の対象はなかった。またむりにそれを考えてみても、今度はどこかに五郎の生きているという思いが、却《かえ》って不安な扉の重みを増してのしかかった。するとその不安をのがれるために、どんなに変り果てた五郎でもいい、生きている五郎に一目でも会いたい、という思いを誘うのであった。

まゆみはとにかく、ひっきりなしに仕事をすることにした。幸いクリスマスから新年にかけて、「シルバア・ビーチ」はひどく多忙だった。

クリスマスと称するパーティーが、十二月十日前後から二十五日まで、毎日どこかである。クリスマスをあてこんだ催し物がある。それがすむと、大晦日の晩のニュー・イヤーズ・イヴのパーティーがあって、真夜中に天井から降ってくるゴム風船をパンパンと叩きつぶしたり踏みつぶしたりする馬鹿騒ぎがある。正月の二日三日からは新年のパーティーがある。今度はお嬢さん方が振袖を見せびらかし、芸妓たちが丸《まる》髷《まげ》を見せびらかす番である。

十二月から松の内一杯、(もっともクリスマスから大晦日のあいだは暇であったが)シルバア・ビーチの演奏日程は日本人やアメリカ人の各種のパーティーの予約で埋まっていた。みんなまだ踊りたいさかりの若者ばかりだったから、パーティーで自分の演奏の時間がすむと、休みもせずに、知った女の子と踊り場に紛れ込んだ。事実かれらはどこでももてた。松原のごときは、工藤の義理のお母さんに追っかけまわされて閉口していた。この怪物政治家夫人は良人《おっと》や娘にもおさおさひけをとらぬ怪物だった。彼女は毎日宝石と衣裳をかえて、松原がピアノを弾くパーティーへは必ず現われた。多くは安子が一緒で、娘が良人のドラムの演奏をききに来るお伴をしているという言訳が立つのである。

面白いのは安子の変りようだった。結婚してからの安子は、時たま発作的なわがままを言い出して工藤を困らせることもあるらしかったが、概してはたが目を丸くするほどの世話女房ぶりを発揮した。ほうぼうのパーティーでシルバア・ビーチの演奏がすんで、一同が楽屋へ引き上げてくると、そこには必ず安子が待っていて、汗でびっしょりな工藤の額を自分のハンケチで拭いてやり、ビールをすすめて、自分も一息で呑むのであった。はじめのうちは、あてられた一同が何やかやとひやかしたり、口笛を吹いたりしたが、工藤はテレても、安子はまるでケロリとしているので、からかい疲れた一同は、おしまいには何も言わなくなった。

「きょうもママが一緒だね」

と舞台から見ていた工藤は安子にいう。

「ええ、でもお目当てがちがうんですもの、気にすることないわ。挨拶なんかしなくていいのよ」

「俺は誰にでも頭を下げるのがきらいなんだ」

「当り前よ。あんな色きちがいのおばあさんには、アゴでしゃくって挨拶してやりゃいいのよ」

「君はまったく自分のおふくろのことをミソクソにいうな」

「あなたの本心を代りに言ってあげてるだけだわ」

ときどき安子の母親は、松原の気を引くために、わざと若い男を二三人侍《はべ》らせてあらわれたりするのだった。かれらはそろいもそろってキザな無気力な奴らで、手には大きな指環を光らせ、髪はテカテカに光らせ、流行の色変りの縞物のジャケツをのぞかせて、あんまりきいたこともない名前の外国煙草をくゆらせながら、へんに低い声で話し、決して声を立てないでニヤニヤ笑った。

松原はこういうジゴロどもに会うのをひどくいやがって、それを安子にもこぼしたので、安子は母親に忠告をして、こんな連中をつれてあらわれるのをやめさせた。安子自身は別にかれらを屁《へ》とも思っていなかったが。

「大体ママがこんなに私と一緒に出かけてばかりいるのは、古今未曾有ね」

「そりゃあそうよ。たまたま松原さんが工藤さんと同じバンドにいるからにすぎないわ」

　と母親はあけすけに言った。

「とにかく松原さんにヤキモチをやかせるためにあんな古い手を使うのはおよしなさい。松原さんはよりつかなくなるばっかりよ」

「何をナマ言ってるのよ。失礼ね。私、あなたの指図なんかうけませんよ。これでもちゃんと考えがあってやってるんだから、よけいな口出しはしないで頂戴」

　母親は猫ならば全身の毛を逆立てるようにして、真赤になって怒ったが、安子は結局母が自分の忠告をきくようになるに決っていると見抜いて、ケロリとしていた。事実次の時から、母親は誰も連れないでやってきて、松原が出てくると、松原とだけ話し、松原とだけ踊った。

　松原の心理は、事情を知っている誰の目にも不可解だった。暗いところでこそ三十二三にみえるが、本当の年は決して人には言えない安子の母親のことを、口では迷惑がっていながら、松原は満更でもなさそうだった。そしてパーティーに来ている松原ファンの若い女の子たちとは、通り一ぺんのお義理で踊るが、安子の母親とは、何度も踊って飽きなかった。早くも松原は、彼女のプレゼントの高価なコンスタンタンの腕時計をはめていた。この青年は決して功利的な男ではなかったが、彼の愛情の形式が、奇妙に人から物をもらう結果に陥らせるのであった。あまつさえ無口な松原は、いつも黙ってニコニコしているだけで、自分に関する話題には触れなかった。

心配した工藤が妻に話すのであった。

「大丈夫かなア、松原は。前みたいな事件になると厄介だし、もしあんなことになったら今度こそあいつ再起できないぜ」

安子は、世間のことなら何でも知っているという微笑をうかべて、確信のある調子で答えた。

「ぜったい大丈夫。ママとはどんなことになったって、悲劇なんか起りっこないから。ママに関して起る事件は、ぜったいに喜劇なの。喜劇以外に起りっこないじゃないの」

二

こんな風にして、十二月一月はあっというまにすぎた。ジャズ景気は下火になったと世間では言われ、古い感傷的な流行歌が復活の兆を見せていたが、シルバア・ビーチのような一流バンドには、さほど不景気の影響もなく、まゆみはこんな傾向によって、質のわるいジャズ・バンドが淘汰《とうた》され、残されたバンドの技術が向上してゆくのはいいことだと考えていた。

　みんな目のまわるほど忙しかったので、まゆみの変化に気のつく者はなかった。まゆみが少しぐらい愛想がよくなくても、忙しいせいだろうと誰しも想像した。例の『ジプシイ』での、まゆみのめずらしい泣き顔も、ちょっとしたヒステリイだろうと好意に解釈された。ただ一人バンド・マスターの坂口は、あくる日そのガラガラ声をけんめいにひそめて、

「何かあったの」

　とまゆみの耳もとできいた。

「いいえ、別に」

　とまゆみが答えたので、それでおしまいになった。四五日して、また坂口が、

「まゆみ、このごろちょっと元気ないな」

「あらそう。過労だわね、きっと」

「オイ気をつけろよ」

と肩を叩かれておしまいになった。

一月二十四日に雪がふって、都心の積雪は三十センチ以上になった。東京地方としては昭和二十六年以来の大雪で、中央気象台観測開始以来八番目の大雪だそうである。二十四日を終日ふりつづけ、二十五日の午前中もなおふりやまず、午後になってやっと青空が見えた。

それから三四日して、まだそこかしこに残雪がはだらに光っている日の午後、まゆみがジプシイへ行くと、さっきドナルドから電話がかかり、まゆみが来たら急用だからすぐ電話をくれという伝言があったとつたえられた。

何だろう、またどうせ、「会ってくれ」とか、「一緒に食事したい」とかいう誘いだろう、と思うと気が重かった。ふだんのまゆみなら、どうせわかっているそんな電話をこちらからかけたりしなかったろう。しかし万一という気持があって、まゆみは鹿革の手袋の指で、卓上電話のダイヤルを廻した。

ドナルドの乾いた英語がひびいて来た。

「まゆみさんですか。実は五郎が東京へやって来たんです」

「えっ」

「それで今晩七時に、高輪の泉岳寺のそばの瓦屋という料亭であなたにお目にかかりたいと言っています。彼は滞京中大へん忙しいので、勝手に時間を決めてわるいが、ぜひお目にかかりたいと言っています。僕は勿論その席へは出ません。五郎の伝言をおつたえしているだけです。いかがですか」

「まいりますわ」

「来て下さいますね。では五郎にすぐ連絡をとります」

アメリカ人らしい簡潔な電話で、すぐ受話器をかける音がむこうでひびいた。

「まいりますわ」という返事は全く咄嗟《とっさ》に無意識に出たものだった。まゆみは重い荷物を運び了《お》えたあとのように、受話器をかけた。一トンも重さのある受話器のようであった。肩から力が抜けた。

「まいりますわ」

とまゆみはたしかに言った。あんなに自分自身と戦って、生きている五郎のことなど考えまいと決心したまゆみが、この不意の衝撃で思わず本心を言ってしまったのであろうか。

それから六時半まで二時間ほどのあいだ、まゆみは落着かなくて上の空だった。会いたいと思うと矢も楯《たて》もたまらなかった。五郎に会うのにどんな服装をして行こう。昔の娘時代の恰好《かっこう》はとても滑稽で再現できない。日本の娘の幻影をよみがえらすために、和服で行ったほうがいいかしら。しかしまゆみは働くのに不便な和服は、ふだん着や浴衣のほかにはまるきり持っていなかった。洋服なら、幸い、いつもジプシイのロッカーに、急に派手な場所へ出なければならぬ時のための、晴着が二三着あずけてあった。まゆみはそのなかから、藤いろのウールのワンピースに、肩のところに貂《てん》の尻尾を三本つけた宴会用の一着をえらび、仕事着のスーツをいそいで脱いだ。

彼女は化粧室に入って念入りにお化粧をした。出来上って鏡の中に見るまゆみの姿は、皮肉なことに最も非日本的な、正に流行の尖端をゆくという装いであった。

タクシーを高輪に飛ばすと、彼女はまだ一度も来たことのないその料亭の古い門をくぐった。昔誰かの邸であったらしい古風な門のなかは石畳の坂になって、ところどころの木立のかげに立てられた誰哉《たそや》行灯《あんどん》が、下草をおおう残雪をしらじらと照らしていた。

坂の尽きるところにまた枝《し》折戸《おりど》があって、そこから屈折した石段が昇っており、その周囲にも、二三低い灯籠が石の上においてあった。

明るい広い玄関が目の前にあらわれた。

緑いろの絨毯《じゅうたん》の上に坐っていた女中が、

「いらっしゃいませ」

と立上った。

「近藤さんのお席」

とまゆみは、見知らぬ人の名を呼ぶようにそう言った。女中に案内されて長い廊下をゆくと、つきあたりの唐紙を女中があけて、

「お見えになりました」

と膝をついた。目の前には屛風がむこう向きにめぐらされ、その屛風のかげからまゆみが部屋へ入ってゆくと、今まで硝子戸《ガラスど》ごしに庭を眺めていたらしい派手な背広の男が、こちらをふりむいて、立ったまま微笑した。

それは五郎であった。

五郎の変貌

一

……二人の目にはたしかに火花が散った。しかしどちらもれっきとした日本人の二人は、とびついて抱き合ったりしなかった。二人は黙って向いあって坐った。五郎がすすめたので、まゆみはへんな形式的な遠慮などせずに、というより、そんな遠慮などをする余裕もなく、床柱を背にして坐った。

まゆみはふしぎに涙が出なかった。じっと五郎をみつめて、昔の俤《おもかげ》を探し出そうとするのだが、そこにはアメリカ製の派手なネクタイを締めた、よく日に灼《や》けた一人の快活そうな青年がいるだけだった。事実、五郎は二世だと自称しても、誰も疑う者がなかったにちがいない。

二人は黙っていた。何の物音もしなかった。部屋には煌々と電灯がともっていたが、まゆみはそのしんしんとした静けさに、暗闇の部屋に坐っているような気がした。

まゆみは、はっと夢からさめた。女中が蒸タオルと薄茶と干菓子《ひがし》を運んで来たのである。

五郎が快活な声で、

「酒にしますか、ビールにしますか」

とまゆみにきいた。これがはじめての言葉であった。

「そうね、お酒をいただくわ」

とまゆみは女中のほうを向いて言った。

「それじゃ僕も酒だ」

と五郎も女中のほうを見て言った。態度はすっかり物馴れていて、二十歳の五郎の朴訥《ぼくとつ》さはどこにもなく、むしろその落着き方は年よりもふけてみえた。

まゆみは蒸タオルで手を拭った。そうしているあいだ、伏目になっているのが自然であった。

やがて酒が来るという気持が、まゆみに或るくつろぎを与えた。彼女はさっきから、嬉しいとも悲しいとも整理のつかない、いわば自動車が車のあがきのとれない砂地へ乗り上げてしまったような気持でいたのである。

「白檀の扇子、うけとりましたね」

「ええ」

まゆみが見上げると、五郎の強い目つきはそのとき別人のように和やかにやさしくみえた。まゆみはゆらめきだした心が、いまにも倒れそうなほど不安定になり、それを支えきれなければ涙のあふれてくることが自分ではっきりわかった。五郎が燐寸《マッチ》を玩具《おもちゃ》にしながら言った。

「何からお話したらいいか……」

「本当にふしぎだわ。あなたが生きていらっしゃるなんて、本当にふしぎ!」

まゆみの言葉は迸《ほとばし》るように出て、彼女は銹朱《さびしゅ》に塗った卓に、乗りだした体をきつく押しつけるようにした。

「その話をまずしましょうか」

五郎は渋いおちついた口調で言った。

「ええ」

そこへ女中が酒と前菜を運んできた。

「お酌はいいから」と五郎が女中を退らせると、手馴れた手つきでまゆみの盃に酒を

そそぎ、

「あなたも僕も無事でこうして生きてきたことに乾盃をしましょうや」

まゆみははじめて微笑した。

二

「僕は御承知のとおり、宮原塾の塾生でした」

と五郎はぽつぽつ語り出した。

「あの塾へ入ると、まず自分の位牌を作ってくれるのです。檜《ひのき》の白木の位牌に、表は朱で丸山五郎命《のみこと》と書いてあり、裏には墨で、丸山五郎尊《のみこと》と書いてあります。自分の命はすでに陛下に捧げてしまっているわけです。生きているあいだは朱で書いたほうを表に向けて飾ってある。その自分の位牌を、毎日自分で拍手《かしわで》を打って拝むのでした。

宮原塾はふつうのしもたやでした。広間には神殿があり、僕たちはのりとやみそぎの日課にいそしみました。そして宮原先生のいうことが、中学時代から剣道部に入って学校きっての硬派だった僕には、ソクラテスやキリストの教えよりも立派に思われ、八紘一宇の思想は日本が世界の中心であるという信念を僕に固めさせ、いつの世にか来る天皇親政の神の国の実現を信じさせました。重臣も政治家たちも実業家たちもみんなまちがっていると教えられ、いつでも喜んで陛下のために命を捧げる僕らと純粋な軍人だけが正しいのだと固く信じていました。また宮原先生も僕を大へん可愛がってくれ、お前のような若い者こそ日本の将来の大事な宝だと言ってくれました。先輩たちについて行って暴力団まがいのことをして人をおどかしたこともありますが、今思うと顔から火が出るようでも、当時はまじめに正しいことをしているつもりでいたのです。

あなたにはじめて会ったのは昭和十九年の春でしたね。僕はまざまざとあの日のことを思い出します。それからの一年間、僕は生れてはじめて味わった感情と、それまでの固苦しい思想との矛盾撞着に悩んでいました。

それまで僕は女なんかけがらわしいものだと思い込んでいたのです。僕ははじめて別の世界のあることを知りました。それからあの浅田英学塾であなたがお茶を運んできた時のことも、雨の日の中野駅のベンチで永いあいだ話していたことも、(僕の話といったら、固苦しい話題ばかりでしたが)、代々木練兵場のたびたびのあの散歩も、秋になって樫《かし》の木のかげで待合せた日のことも、きのうのようにはっきりおぼえています。

さて昭和二十年の二月に、あなたのお家《うち》は疎開して東京を離れましたね。毎日僕も君も手紙を書きました。

そのころ僕は宮原先生にきかれて、はじめて君のことを打明けたことがあるのです。先生は決してからかったりせず、うんうんときいてくれました。

四月に入ると間もなく、先生から、中華民国へ行けという命令をうけたのです。僕はその時こそ、先生がだらしのない僕をいましめて、君との仲を割こうとするつもりだろうと思いました。しかし今になって考えてみると、(先生はそれについて一言も言いませんでしたが)、もう日本の敗戦の近いことを予期されて、そうなれば塾生はのこらず自決しなければならない成行を知っておられたので、僕の命を救おうとされたにちがいないのです。

この命令はほかの塾生にも秘密にされ、上海《シャンハイ》で川田機関というものを持っておられる先生の友人の川田氏のところへ、大事な密使にゆく役目でした。先生の名代《みょうだい》でゆくのですから、以前の僕だったらとび上って喜んだ筈です。しかしそのときの僕は、君に手紙も出せないし、また事情を打ちあけることもできない、ということが悲しくて、全く後髪を引かれる思いでした。もっともそのころの僕は丸刈でしたから、後髪なんてありませんでしたがね。

僕は国の親にも内緒で、秘密裡に軍用機に乗って上海へ飛びました。はじめての外国への旅、それも密使の役目ということは、二十歳の僕を昂奮させました。軍用機は、敵機の追撃をのがれて、何度も危険にさらされながら、上海に着きました。

川田氏への先生の手紙は、内容はよくわかりませんでしたが、想像していた仁王様のような人とはちがう小柄なしかし精悍な川田氏は、僕にその手紙の内容の一部を話され、それによると、僕が向う半年か一年、川田氏の仕事を手伝うようにと依頼された、というのです。

僕はそれから、特務機関の仕事に携わり、一生けんめいに勉強して、数ヶ月のうちに、支那語も流暢に話せるようになりました。

終戦まで僕は上海にいました。川田氏は終戦直前に内地へ飛び、あとにのこされたわれわれは連合軍の収容所へ入れられました。

その間の僕のいろんな思想的な悩みや、絶望は、何度か僕が自殺を試みて、そのたびに運わるく、果せなかったのでもわかるでしょう。宮原塾の塾生としての僕は、敗戦と共に本当は自決すべきでした。その機会を逸したのは、結局僕の勇気のなさだったかもしれませんが、僕のまわりがすべて浮足立っていたことによるのです。

上海ではその後、中国軍の戦犯裁判が次々と行われました。僕は戦犯には指定されませんでしたが、特務機関に関係があったというので、一般の収容者と別にされ、引揚がはじまっても、僕にはいつまでたっても引揚の機会は与えられませんでした。収容所で或るとき、終戦当時の日本の新聞を見た僕は、宮原塾の塾生が代々木練兵場で、こぞって切腹したことを知りました。なつかしい塾生の先輩たちや、宮原先生の顔がうかび、僕は一晩眠れませんでしたが、もう皆の跡を追おうという気持にはなれませんでした。しかしおどろいたことに、あとで知ったのは、このとき僕の名が切腹者にまぎれ込んでいて、終戦時のごたごたと一緒に、僕は死んだものとされ、戸籍には死亡の×が書かれ、僕の国籍はすでに失われていたことです。

僕の人生観は、いろいろな見聞から、だんだんに変ってゆきました。宮原塾で教えられたあの頑固な思想は、夢のようなもの、泡のようなものに思われて来ました。僕には今やすべてが疑わしく思われ、天地に信ずべきものは何一つないような気がしました。日本人としての矜《ほこ》りも失い、日本人に生れたことの幸福をも疑いました。今まで自分が盲目だったのが腹立たしく、宮原先生にも欺《だま》されていたような気がして来ました。僕のゆくてはたとえ命があっても、真暗な曠野にすぎないように思われ、戦争中のあんなにも昂揚した気持から、虚無のどん底に突き落されてしまったのです。

収容所での生活がつづくうちに、中国の歴史には大きな変化が起っていました。御承知のとおり昭和二十年の十一月には、はやくも中共軍が国府軍に対して大攻勢を開始していたが、一旦結ばれた和議は、昭和二十四年の二月には決裂し、ついに国府は台湾へ追いやられ、その十月に中華人民共和国、いわゆる中共が、成立宣言を発したのです。

僕は際どいところで香港《ホンコン》へのがれました。というのは、収容所の米軍中尉ホークス氏の下で、僕はボーイのようなことをして、その米人にも可愛がられていたのですが、いよいよ上海が危機に瀕《ひん》したとき、ホークス氏は僕を連れて香港へ飛んだのです。何故ホークス氏が僕を連れて行ったかという目的がわかったときには、もう手おくれでした。僕が特務機関の仕事を手つだっていたこと、支那語ができること、東洋人であれば支那人に紛れやすいこと、収容所生活から英語も達者に喋れるようになっていること、(どうも僕に唯一つある才能は、語学の才能らしいのです)、こういうことから、ホークス氏はその属しているアメリカの某機関に僕を使おうというつもりだったのです。

香港、……そこはふしぎな都会でした。

『東洋の真珠』という美しい名も、今では、真紅に染められた中国というひろい袍衣の衿元に、たった一つちりばめられた真珠で、しかもその袘衣の持主は、自分の頸《くび》に飾っている真珠の持主ではないのでした。その点は今も昔も同じですが、実はその真紅の衣を着た巨人は、真珠をわがものにすることなどは楽にできる筈なのに、国際状勢を顧慮して、ただそれをそっとしておいているにすぎません。

駐屯の英軍はたった三万のこの小さな港が、巨大な赤色中国の掌の中で、いまだに生き永らえているのです。そこは難民とテロと密貿易のおそろしい花束のような町です。

戦前六十万の人口が二百五十万にのび、人口密度は世界最高といわれています。そこにはあらゆる人種が渦巻いています。イギリス人、アメリカ人、フランス人、『白華』と呼ばれる亡命中国人、そのなかには富裕な華僑もいれば、娘を売りに出すほど貧しいインテリ階級もいます。

そこにはまたあやしげな人間がいっぱいいます。中共から逃げて来た難民と、中共へ走ろうと機会を狙っている共産青年。……今、香港の入国査証《ヴィザ》が入手困難なのは、ここを足場にして中共入りをたくらむ人が多いからです。

米ソの対立がはげしくなるにつれ、ここ英国の領土にも、米国の出先機関を中心とするスパイ活動がはじまっていました。僕は何度か中共に潜入し、米国のために働きました。いつのまにか僕の気持はアメリカ人のようになっていました。

いいですか？　もし僕の話したことを、あなたが誰かに口外したとしたら、この東京にいても、僕の身辺には危険が迫るのです。

……そんな危険を冒して、僕があなたに打明け話をしたのは、あなたを信頼しているからだし、そうしてあなたを……」

——五郎はふと口をつぐんで、灰の堆《うずたか》くなった煙草の先を、考え深そうな目つきで見た。

「……僕はある日、香港の下町をぶらぶら歩いていました。すると名物の白檀の扇が目に入りました。

何の気なしにその一本をとりあげて、鼻にあてる。気品の高い好い匂いが鼻につきます。

香港にいるあいだ、僕はアメリカ人らしい服装をして、二世に見せかけていますから、英語を使って値段をききます。

僕はそうしているうちに、檀という字が、日本で『まゆみ』と訓《よ》むことに気がついたんです。その場ですぐあなたにこれを送ることを思いつきました。事実、過去九年間、あなたの名前を一日に一度は、口の中で呟《つぶや》いてみないことはなかった僕ですから。……しかしあなたの住所も知らないし、無事でいられるかどうかもわからない。そこで思いついたのは、X通信社のドナルド・ハンティントンです。ドナルドとはそのころ親しく附合っていましたが、彼は近日中に東京へ飛ぶと言っていたからです」

三

……五郎は言い終ると、ほとんど箸をつけていないまゆみの皿に目をやって、

「さあ、少し腹ごしらえをしましょう」

と快活に言った。

まゆみの食欲はまるきりなかった。五郎の意外な物語にわれを忘れ、さまざまな思いが去来して、何も咽喉《のど》をとおらなかった。

「大へんな苦労をなさったのね」

「苦労と言いますか、何と言いますか」と五郎は大人っぽく苦笑をうかべた。「歴史

の波にもみくちゃにされて生きてきただけですね。理想もなく、定見もなく、矜りもなく、……」

まゆみは軽率な女ではない。だから、五郎に「卑下なさってはいけないわ」などという浅薄な忠告はしない。ただ五郎の通って来た道の、いいようのない暗さがはっきりと感じられて、そう思ってみると、彼の血色のよい快活な風貌も、わざとそう見せかけているように思えるのであった。

「私のことはきいて下さらないの？」

「ええ、ききます」と妙な応対をして、五郎はちょっと不安そうに目を伏せた。「ききたいんですが、きくのが怖いような……」

「でも私には、あなたのお話をきく勇気があったじゃないの」

「うん」と五郎は思い切ったように、「ではききますが、あなたはもう結婚しておられるんですか」

「おききになりたいのそれだけ？」

まゆみはせい一杯、冗談めかしてそう言ったが、言ったとたんに、永い九年間が眼前を急速力で走る列車のように擦過する思いがして、思わず涙がこぼれ落ちた。

その涙を見た五郎は、まゆみがすでに結婚していると釈《と》ったものか、深い失望の色をうかべてまゆみを見戍《みまも》った。

しかし気を取直すと、まゆみははっきり、

「いいえ、結婚なんかしていないわ。結婚なんか……」

聡明なまゆみは、もう一言先を言おうとして踏止まった。そしてしなやかな指さきで、いさぎよく涙を払うと、

「ねえ、それじゃ、私のその間の生活をお話しするわ」

四

まゆみは「シルバア・ビーチ」のマネージャーとしての生活を逐一話した。五郎はいちいち目を輝かして、たのしそうにきいていた。その眼差には、彼よりもはるかに強く、はるかに矜りかに生きてきた女に対する憧れがあった。

まゆみの物語は終った。再び二人は沈黙に陥った。

この沈黙は、はじめの沈黙とはちがっていた。

お互いに洗いざらい話し合って、或る安息を得たその沈黙のなかで、まゆみは憚《はばか》りなく自分の考えを追うことができた。

『今私の前にいる五郎さんは、あの写真の五郎さんとはちがうんだわ。あの五郎さんははっきり死んでしまった。丸山五郎は死んでしまった。世間を憚って、姓まで近藤と改めて、アメリカのスパイになった五郎さんがここにいる。私が五郎さんの思想を守り、やみくもに日本人の矜りを高く持って、どんな時代の変化にもめげずに、ああして生きてきたのは狂気の振舞だったろうか？　アメリカ人ときくだけで、敵意を燃やしてきたのは空しい意地っ張りだったのだろうか？

それでもこの五郎さんの目のなかには、二十歳の目のかがやきがひそんでいる。それを疑うことはできない。そして顔だちだけは、今も気高く、男らしく、底に愁いを帯びた感じが一そう高い理想を追っている人のように見えるんだわ。人間の顔かたちというものは、そんなにも嘘つきなものかしら……』

……五郎もまた、自分の考えを一心に追っているように見えた。言い出しにくいことを、じっと心の中で追いつめているように見えた。しかし彼のアメリカ風の率直さが頭をもたげ、はじめてまゆみを正面からみつめて口を切った。

「僕は近いうちにアメリカ本国へ行きます。思いがけない重大なポストを与えられて、本国で働けるようになったんです。もう肩身のせまい、危険の多い仕事と土地からは離れられます。先のことはわかりませんが、ともかくアメリカ本国での安定した生活がはじまるんです」

　彼は唾を呑み込んだ。

「……そこで率直に申しますが、僕はずっとあなたのことを思いつづけて来ました。あなたがきっと元気で生きていて、僕のことを忘れないでいて下さると思うことが、暗い生活の唯一の光りでした。考えてみれば、夢のような話でしたが、今、それが夢でないことがわかったんです。……僕と結婚してくれませんか？」

　まゆみはつぶらな目をあげた。考えようとした。が、何も考えることはできない。そのとき五郎の髪があの丸刈の頭にかわり、その目が二十歳の若者の目にかわり、その派手なネクタイが紺絣《こんがすり》のきちんと合わせた衿元にかわった。幻はまゆみをおそろしい力で惹《ひ》きつけた。しかしまゆみは口を軽く動かしただけで、言葉は出て来なかった。

　五郎はその返事をきくのをおそれるかのように、せっかちにこう言った。

「念のために申しますが、僕は今は日本人ではありません。香港では何でも売っています。宝石でも、麻薬でも、女でも、自動車でも、およそ香港で売っていないものはないのです。僕は香港でアメリカの国籍を買いました。僕の今の本当の名は、フランク・近藤といいます。僕は……ア、メ、リ、カ、人なんです」

五

――この一言の衝撃はまゆみの胸を突いた。

これほど怖ろしい言葉はなかった！

五郎がアメリカ人！ 彼女の脳裡には、彼女が手きびしくはねつけた何人ものアメリカ人の赤ら顔が目まぐるしく廻った。

一体、そうしてみると、この九年間を虚無と無理想のうちに空しく送ったのは、どちらなのだろう。五郎は少くともその虚しさを意識して生きた。しかしまゆみのほうがもっと虚しい生き方をしたのかもしれない。なぜなら五郎の出現によって、はじめてまゆみの九年間の生き方が、虚しい、無駄な、何の意味もない生き方だったということが、暴露されてしまったのだから。それまでまゆみはそれを意識せずに生きてきたのだから。

砂上の楼閣が崩れてしまった。

まゆみの前には、五郎でも何でもない一人のアメリカ人がいるだけだった。しかもそのアメリカ人が結婚を申込んでいるのである。

その衝撃に耐えて、まゆみが涙も出ない気持でじっとうつむいていると、焦躁にかられた五郎は立上った。

彼は硝子戸《ガラスど》のところへ行き、暗い庭を眺めた。

部屋は瓦斯《ガス》ストーヴで暖められているので、硝子戸は白く曇っていた。五郎は大きな指環をはめた手でそれを拭った。庭はその部屋の縁先から、断崖になっていた。常磐木《ときわぎ》に鬱蒼とかこまれた池が谷底にひろがり、一基の侘びた石灯籠が杏子色《あんずいろ》の灯を滝口にともし、乏しい滝の水が白くきらめいて見えた。耳をすますと、都電の響きと、自動車のクラクションの断続するひびきがはるかかなたにきこえた。

五郎が硝子ごしに庭を見ながら言った。

「いいんです。今すぐ返事はもらえないことはわかっていました。僕の境遇にはあんまり変化がありすぎたし、何もかもがあんまり変りすぎました。おぼえていますか？」

彼はふりむかずに、硝子の白い曇りに、指先ですずろに、M・Aとまゆみの頭文字を書いた。

「僕たちが、日本が大勝利を収める日に結婚しようって誓い合ったことを。……御返事は二三日ゆっくり考えて下さったあとでいいんです。僕はきっとあなたを幸福にする自信があります。

二三日……そうですね。あした……あさって……そう、しあさっての晩の十時に、十時きっちりに、『ジプシイ』へ僕がお電話します。そのとき電話口で返事をして下さればいいんです。イエスかノオかを」

彼はいつのまにか床の間の前の、まゆみのすぐそばに坐っていた。

そしてうつむいているまゆみの耳に囁《ささや》きかけるようにこう言った。

「僕の身柄だの、将来のことなんかについて、心配だったらドナルドに何でもきいて下さい。彼は何でも知っていますし、正直な、率直な男です。……それからあなたの御両親のことについても、僕は全部御面倒を見る用意があります。それまできっと、くどいようですが……しあさっての晩の十時に、お電話します。

僕は毎晩眠れないでしょう」

――まゆみはふと耳もとに熱い息と、おおいかぶさる影を感じた。そう思ったときは五郎に抱きしめられていた。まゆみがしきりに唇をよけたが、五郎の唇はしっかりとまゆみの唇に結ばれた。

それはふしぎな、理性をこえた、深い淵におちてゆくような感動だった。五郎の肉体がここにある。死んで土に帰したとばかり思っていたその唇は、まぎれのない肉の熱さと重みを以て、まゆみの唇の上にあった。まゆみは思わず五郎の項《うなじ》に手をふれた。鉱物質のポマードのやわらかい匂いがした。そして生きている五郎の歯がまさにまゆみの歯にふれ、二人の熱い息は濡れて通い合った。

……しかしまゆみの心はその一瞬をすぎると、深い淵の底からけんめいによじ昇ろうとしていた。この接吻の味わいは本当にまゆみが求めていたものではなかった。われを忘れてはならない接吻だった。それは何か怖ろしいものにたしかにつながっていた。急激によみがえったまゆみの理性がそれに反抗した。

彼女は五郎の厚い胸をつきのけると、立上って、その部屋を駈けて出た。

長い廊下は幾曲りして、追ってくる五郎を悪夢に追われるように感じながら、まゆみは駈けた。

「まゆみさん！　まゆみさん！」

五郎が大声で叫んだ。

まゆみは玄関に出た。女中が二人怪訝《けげん》な面持で走り出てきた。五郎は衝立《ついたて》のところに呆然と立止った。

まゆみはあとをも見ずに、石段を駈け下り、人気のない通りへ出てもまだ駈けつづけた。

愛のゆくえ

一

……五郎が夜の十時に『ジプシイ』へ電話をかけてよこすその日が来た。まゆみはバンド・マスターの坂口とその晩食事をする約束をしていた。まゆみが坂口に五郎とのいきさつをすっかり打明け、彼にたのんでドナルド・ハンティントンと会ってもらっていたので、その報告をきくためであった。坂口の口の固いことは、まゆみも信用していたが、例の五郎の香港《ホンコン》の仕事については、うっすら暗示するにとどめた。

よく晴れた日で、まだ屋根屋根に凍って残っている雪が、ときどき音を立てて辷《すべ》り落ちた。

終日まゆみの心ははげしく動揺し、その雪の音にも敏感におどろいた。まだ母には、結婚申込のことは打明けていなかった。当のまゆみの気持が決っていなかったし、母に相談しても、常識的な反対に会うことは知れていた。

それでも何事につけてもしっかりしたまゆみは、日頃貯金に精を出して、自分に万一のことがあっても、病気の父を抱えた母が、何とか食いつないで行けるだけのものは用意していた。『たとえ結婚してアメリカへ行っても、五郎さんが約束を反故《ほご》にして、両親に仕送りをしてくれないようだったら、この貯金がなくならないうちに、また日本にかえって来て、両親のために働けばいいんだわ』――そう思うまゆみは、ほんの一瞬でも、五郎との結婚を前提にしてものを考えている自分におどろいたが、実はこのとき、母親の承諾を得ないでも結婚できる自分の位置を、たしかめていたのかもしれなかった。

これはあの晩、五郎のところから逃げかえったまゆみにも似合わない思案であった。あの晩おそくまで考えて、まゆみは五郎の申込にはっきりノオという決心を固めていた心算《つもり》だったのである。

その後のまゆみの心の動揺を、一々辿《たど》ってみるには及ばないだろう。とにかく昨日彼女は坂口にドナルドに会ってくれと頼んだ。自分でどうしてもドナルドに会う決心がつかなかったからである。そうしてその報告を待つまゆみの気持には、どうかドナルドの言葉が五郎に不利であって、五郎との結婚を妨げるものであってほしい、という希《のぞみ》がまじっていた。

二

冬の短い日は翳《かげ》りだし、坂口と待ち合せた帝国ホテルの側面は、そのさびた焦茶の石のおもてがすでに暗みかかり、道をへだてたアーニー・パイル劇場の、ジュラルミン張りの大きな柱ばかりが、まだ残んの日にかがやいていた。

このあたりの夕方の雑沓がはじまっていた。アーニー・パイル劇場の広いポーチには、靴みがきや、似顔画描きが、日の暮れないうちに稼ごうとして精を出していたし、一方日暮れから稼ぎ出す街娼たちは、派手な原色の緑や赤の外套姿を、劇場前の歩道にちらちらさせて散歩をはじめていた。高級車の群がホテルと劇場の前にひしめき、ときどき見事なミンクの外套の女などが、ホテルの廻転ドアを押して中へ消えた。すぐ近くの有楽座の前は、入れ替えのお客で混雑していた。

まだ約束の時間には早かったので、まゆみは引返して、映画館の横丁の映画会社の前にある喫茶店へ一人で入った。そこの小路は一日ほとんど日の当ることがないとみえ、汚れた雪が路傍に凍り、溝のなかに掃き捨てられて固まっていた。

ドアを押すと、喫茶店の中は煖房で温かかった。音楽がゆるやかに漂っていた。皿や匙《さじ》のぶつかる音がいきいきと冴《さ》え、勤めのかえりらしい若い男女の会話が、冬の一日の終りちかくのいかにも落着いたしめやかな調子を帯びてきこえた。

「うわあ、まゆみイ」

というとんでもない声で、まゆみはおどろかされた。まゆみのすぐ目の前に、マリ子の大柄な顔があり、その顔に負けない大きな金のイヤリングが揺れていた。

マリ子に腕を引っ張られて席に坐ると、一寸《ちょっと》腰をあげて挨拶した男は、例の映画俳優の千葉光《ひかる》であったので、まゆみはためらいながら腰を下したが、

「しばらく。ハロウィーン以来ですね」

と千葉が温かい声で言った。

「あたし、この人のサイン防止掛なのよ。こうして二人でお茶を呑んでいるところへ、いくら心臓の強い女の子だって一寸サインをたのみに来ないでしょう」

とマリ子がいうと、千葉が、

「しかしおかげで人気は落ちるね」

この二人のやりとりには、もう夫婦みたいなところがある、とまゆみは思った。

「お待ち合せ？」

とマリ子がきいた。

「ううん。そんな気の利いたことじゃないのよ。坂ちゃんと一寸仕事の話で、帝国ホテルで御飯を食べる約束をしたの。まだ時間があるもんで、暇つぶしにここへ来たのよ」

「坂ちゃんなんて、どうだか」

「どうだか、って何よ」

「あら怒ることないじゃないの。意地悪ね。意地悪ね」とマリ子は大げさにくりかえした。

「まゆみのいじわる。このごろとってもいじわるよ。私悲しいわ」

それは単なる一箇の冗談だったが、まゆみには少からずこたえた。ここ数日の心労のためもあるが、いつのまにか、オールドミスの意地の悪さが、自分では気がつかぬながら、身について来ているのではないかという不安があったからである。

その不安を突き刺すように、

「まゆみ、好加減で結婚なさいよ」

と単純なマリ子が全くの善意で言った。

「結婚なんて」

「あらいやだ。結婚しそうでなかなか結婚しない女主人公なんて、ラジオドラマだけで沢山だわよ」

千葉はこの二人の話題にどうして入ったものか困って、窮屈そうにしていた。そこへ店の前の映画会社の社員が忙しそうに入って来て、千葉の姿をみとめると、千葉の相手などには一向かまわず、強引に千葉のとなりに坐り込んで、店中にひびきわたる大声で喋りはじめた。

「いやあ、いいところで会いました。どうせあなたをつかまえに撮影所へ行かなきゃならんと思ってとったんだ。この間の話なんだがね」

千葉には、これは時にとっての助け船でもあったので、うるさい顔もせずにうけこたえをはじめた。そこでマリ子とまゆみも、女らしい装身具の褒めあいから、どこで買ったかというようなこまごました話題に移った。

時計を見ると、待ち合せの時間は少しすぎていた。

「大変」

とまゆみは立上った。話に夢中になって、蠟紙のストロオを指に繃帯のように巻きつけたマリ子は、その指のまま、まゆみに握手を求め、

「じゃあ、坂ちゃん、かそれとも坂ちゃんと称するサムワンによろしく。近いうちに、まゆみ、一緒に遊びましょうね。本当よ。本当よ。嘘ついちゃいやよ。はっきり約束してね」

三

外はもうとっぷり暮れていた。風が大そう寒かった。まゆみは外套の襟を立て、映画館の前の人ごみを縫って、足を早めた。映画館の大きな絵看板は、西部劇の服装をした男女の荒々しい抱擁をえがいていた。切符売場の前で大ぜいの若い男女が待ち合せた相手の来るのを、時間を気にしながら待っていた。

『ああいう生活もあるんだわ』とまゆみは思った。『何も考えずに、好きな人と一緒に映画を見たり、ダンスに行ったりして、ぼうっとして暮す時間が私にはなさすぎた。そのむくいかしら？ こんなにまで私が、愛の裏切りでもあり愛の成就でもあるという、奇妙な結末に追いこまれてしまったのは』

帝国ホテルのグリルの入口の廻転ドアを廻すと、あたたかな空気がまゆみを包んだ。まゆみはふと、松原を救いに駈けつけたときや、ハロウィーンの仮装舞踏会に来たときの、同じホテルのドアの押し心地を思い出した。松原の時は、夢中の勢いだった。舞踏会の時は、愉しかった。しかし今の廻転ドアは、油が切れたように重たく感じられ、まゆみは、体ごと押して、ようやくそれを廻したのである。

坂口はもう入口の左の椅子に待っていた。

「やあ」

と言って立上った。そしてまゆみの脱ぐ外套をうけとって、外套置場へ預けてやった。

「今夜はまゆみのおごりだと思って、昼飯を抜いて、うんと腹を空かして来たよ」

「いやな人ね。パンと水だけしか御馳走しないわよ」

二人はそんなことを言いながら、プルニエへ上る階段を昇ったが、お互いのふだんの冗談に何となく無理が感じられた。階段を下りて来た外人の品のよい老婦人が、まゆみをちらと見て、

「オー、プリティ」

と老いた良人《おっと》の耳に囁《ささや》くのがきこえた。まゆみの美貌は女の外人の心をも惹《ひ》くらしかったが、それも嫉妬を卒業したこんな老婦人だけが、口に出すのであったろう。

食堂は外人客ばかりだった。若草いろの椅子のクッションが、渋い濃茶の壁の色と

鮮かな対照を見せていた。まゆみたちは角の壁にとりつけになっているソファに案内された。

まゆみは枕屏風みたいに大きなメニューを目の前にひろげながら、

「そう、私はスープはコンソメ、すずきがあるのね、それにしましょう」

「俺は、と。ポタージュ、伊勢海老《えび》の冷製マヨネーズ、というやつ。それにサーモン・ステーキをたのもう」と紫の着物の女給仕に坂口が言った。

二人はやがて運ばれた白葡萄酒のグラスをかち合せて、お互いの健康を祈った。

浅黒い丸顔にコールマン髭《ひげ》を生やした坂口は、

「旨《うま》い」

と一言いうと、巨きな体の居住いを直して、

「さて、用談にかかるか」

と例のガラガラ声で言った。

「ええ、ドナルドに会えて？」

「うん、会えた」

「どうもありがとう」

「結論から先に言うが、五郎氏の件はだね、ドナルドは、大丈夫だ、保証する、とは

っきり言い切ったよ」

「まあ」

「俺はそれこそ根掘り葉掘りきいたんだが、なるほど五郎の今度の地位はなかなかいいらしい。世間の表に派手に出る地位じゃないが、決して香港の仕事のような危険な仕事じゃなく、収入から言ってもアメリカで立派な中流で通るというんだ。五郎がアメリカ人になるについちゃ、丁度共産主義国から逃げて来た人間を保護するような形で、うまい抜け道があったんだ、と言ってたよ。さて、今度の五郎の仕事についてだが、アメリカの機密なんだろうな、それだけはきかないでくれ、と言って、とうとう洩らさなかった。何でもニューヨークにオフィスがあるんだそうだ。やっぱり情報機関みたいな仕事なんだろう」

「暗い仕事ね」

「まあね、しかしアメリカさんの情報活動というやつは、きっと中へ入ってみたら、機械化がゆきとどいて、面白いにちがいないよ」

「ひとごとみたいに言うのね」

「その実ひとごとじゃないんだがな」

この坂口の一言がやや意味ありげにきこえたので、まゆみはふと坂口の顔を見たが、彼はおびただしい湯気を立てたスープ皿へ、邪気のない顔つきで、匙をさし出しているところであった。

「そういう結論なら」——とまゆみは静かな目つきで、もう一度白葡萄酒のグラスを目の前へもちあげて、そのグラスを見るともなく、考えをまとめる風であった。

「……そういう結論ならわざわざ坂ちゃんに行ってもらったけど、何にもならなかったわ」

「どうして」

「だって私、あなたが何か悪い情報をもって来て、五郎さんのイメージをもっとひどく壊してくれるのを待っていたの」

「まゆみにも似合わないな。まゆみの大特色をなす理性はどこへ行っちまったんだ。君は今、感情だけで動いてる。それもウソの感情だけで動いてる」

「どうして」

と今度はまゆみの訊く番だった。

「そりゃそうさ。俺は自分の経験から、こう思っているよ。自分の最初の判断、最初のねがいごと、そいつがいちばん正しいってね。なまじ大人になっていろいろひねくりまわして考えると、却《かえ》って判断をあやまるもんだ。婿えらびをする能力というものは、もしかしたら、三十五歳の女より、十六歳の少女のほうが、ずっと豊富にもっているのかもしれないんだぜ」

「それがどうだっていうの」

「俺は君の今までの生き方についていろいろ考えてみた。君に打明けられたとおりに、もう一度トランプの札を並べ直すように、じっくり考えてみた。そのあげく少女時代の君が五郎氏を選んだということは、まちがっていなかった、という結論に達したんだ」

「そうかしら」

まゆみはスープをすくう手を休めて坂口の次の言葉を待った。結論はまゆみの考えとむしろ反対であるのに、その先をききたくて仕方がなかった。きいてしまったら小気味よく坂口にやりかえす数千言が胸の中で渦巻いていた。

「そうさ。君の選択はまちがっていなかったんだ」

「でも私は、白鳥の卵だと思い込んで育てていたのが、生れてみたらアヒルだった、という目にあったのよ」

「幻滅の悲哀か。ありふれた文句だな。いったいどうして君はそんなに自分のイメージに執着して、実体をつかもうとしないんだろう。右翼少年の五郎氏も、アメリカ人の五郎氏も、五郎は同じ五郎じゃねえか。時代がかわり、社会がかわっただけじゃねえか。君は時代の変化と社会の変化をみんな五郎氏一人の罪に押しつけようとしてるみたいだ。そいつは酷だな」

「でも私は変らなかったのよ」

「女だもの」

「女だからこそ変らないのはむつかしいのじゃなくて？ 流行を追っかけるのはいつも女よ」

「いやんなっちゃうな」と彼はおどけ面《づら》をしてみせた。「折角の御馳走が、議論で咽《の》喉《ど》を通りゃしねえ。とにかく君は変ってるよ。女だったら、相手の男の気持が変らなかったということだけで、満足するのが普通だがな。五郎氏はその点じゃ満点だし、とにかく独身を守ってきて、君に結婚を申し込んでるんだ。君が一体ほしいのは、相手のまごころじゃないのかい」

「わからないわ。でもこの世の中には、まごころより大切なものがあるのかもしれないわ」

「男なら、そいつを思想とか何とか呼ぶところだろう。しかし男は、思想というやつは、恋愛と縁もゆかりもないもんだ、ということをちゃんと承知してるぜ。それを君は何もかもごっちゃにしようというんだ。俺はこんな親しい友達じゃなかったら、はっきり君の我儘《わがまま》だって言って、つっぱねるな」

「我儘って言ってくれてもいいのよ。私、ただ妙な女だとは自分では思うけど、こんな妙な恋愛ってのもめずらしいと思うわ。……何を私こわがってるんでしょう。胸に手をあてて考えてるうちにわからなくなって来るの。ただ私は、夢の中の五郎さんのために、二度と来ない青春を一人で生きて来たの。その記憶に泥を塗ることはとてもできないのよ」

「ううん」と坂口は、しばらく商売のサキソフォンを吹くときのように、口をとんがらかして考え込んでいたが、「……しかしねえ、まゆみ、まあきけよ。そりゃあ、ここで五郎氏と結婚しても、先にはいろんな面倒なことが待ち構えているかもしれない。アメリカで暮すのだって、大変な話だ。今さらアメリカ生活にあこがれる君でもないしな。

　しかしだよ、まゆみ。君はまだ人生の後悔というやつのおそろしい味を知らない。そいつは灰の味だ。灰を舐《な》めてごらん。しかも毎日毎日舐めてごらん。もうこの世の中から味というものは消えてしまうんだ。何を食べても灰の味がする。（いつもの闊達な坂口に似合わず、言葉はしんみりして、表情は暗かった。）後悔ほどやりきれないものはこの世の中にないだろう。五郎氏と結婚しても、後悔だけは来っこない。別の人生を君は夢みたことがないからだ。もちろん五郎氏は死んだことになっていたから、君は不可能を夢みていたことになるけれども。

……それに五郎氏がアメリカ人だったというひどい幻滅は、ある意味では幸いだったかもしれないんだ。誰でも結婚すれば味わう幻滅を、ちょっと先に味わったようなもので、五郎氏と結婚したら、君にはもう一生幻滅は来ないかもしれないぜ。

……だが、もし五郎氏の結婚申込を断ってごらん。君は一生後悔するだろう。年をとればとるほど、後悔は皺《しわ》にしみ込んで、洗っても洗ってもとれなくなるよ。君が町を歩いていると、人は、あ、『後悔』が歩いてる、と思うだろう」

とうとうまゆみは両手で頭を抱えた。そして坂口の言葉を鋭くさえぎった。

「いいえ！　私、決して後悔なんかしない！」

「さあ、どうだかね」

坂口はしんみりした声音で言った。そして運ばれて来た三皿目のサーモン・ステーキを器用に切って、アメリカ式に、右手にもちかえた肉叉《フォーク》で食べた。灰を嚙むように、味気ない顔をして。

四

二人はそれから黙りがちに食事をした。二人とも葡萄酒の杯を重ね、顔も体もほてっていたが、頭だけは、シンとさえていた。

ホテルを出ると、坂口は日比谷公園のほうへ歩いてゆくので、まゆみの足もそれに従った。

「少し酔ったな。公園で頭を冷やそうよ」

「いいわね。日比谷公園の中を散歩したことなんて、子供のころ以来だわ」

「公会堂で演奏をやっても、公園なんか知らんぷりだもんな。まあ、ちょっと散歩しよう。俺はどうせ、八時ごろに『ジプシイ』へ行かなくちゃならねえんだから」

広い暗い車道を、自動車がしきりにゆき交っていた。しかし何かの加減で、車の数は急に減り、まっ黒なペーブメントの表面が、大きな凍った河のようにひろがる。公園の暗い木立の対岸まで、その河を渡ってゆくのはおそろしいような気がする。

風が冷たかった。まゆみは坂口に守られて、何度も立ちどまりながら、公園ぞいの歩道まで達した。

交番のそばの門を入ると、真冬の夜の公園の人通りは少く、凄いようだった。

二人は外灯の明りづたいに大花壇のほうへ歩いた。

「酔ったかい」

「酔ってない」

「そういえば、俺も酔ってない」——坂口は意味もなくひとりで大声で笑った。しばらくして、「さっきまで、君の話ばっかりしたから、今度は俺の話もきいてくれないかな」

「きくわ」

花壇とはいえ、花はひとつも見えず、中央のひろい枯芝のところどころに、堅く薦《こも》巻《まき》にされた棕梠の数本が、奇怪な人影のように立っていた。

森閑として二人の靴音は、道に固い反響をひびかせた。ついー歩外に宵の口の雑沓があることは嘘のようだった。ベンチは規則正しく排列され、外灯の光りは人のいないベンチを、そらぞらしく照らしていた。あるベンチには、この寒空に乞食が寝ていた。あるベンチには、自殺でもしそうな一人の男が、外套の襟を立てて、じっとうつむいて掛けていた。

一つのベンチに、坂口とまゆみは腰を下した。

「寒い？」

と坂口がきいた。

「ううん、寒くない。暑いくらい」

「俺もだ」

それから彼は煙草を吸って、永いこと黙っていた。突然こう言った。

「まゆみ、俺をドナルドに使いにやったのは酷だったな。もっともあの打明け話自体が酷だったが。……こう言えば、わかるだろう」

「ええ、何となく……」

「そうだ、君にこんな質問をしてもはじまらねえ。なあ。いつか工藤の結婚式のとき、俺が何か言い出そうとしたら、君がとめたの、おぼえてるな」

「おぼえてるわ」

「そのことなんだ」

坂口はもう一度永い沈黙に陥った。しかしそれからあとはすらすらと、

「俺は弱ッ気なんだな。君が『シルバア・ビーチ』のマネージャーになったとき、若い連中がやいのやいのと君を口説いた。君は巧く受け流していた。俺は中年男らしく、自分だけは手を出さずに、ニヤニヤそれを眺めていた。しかしあのとき、いちばん手

を出したかったのは俺だったんだ」

「…………」

「今になって考えると、あのとき手を出して、こっぴどくふられておけば、あとがずっと楽だったにちがいない。俺はまずかった。だんだん、だんだん深く君に惚《ほ》れたんだ。……

しかし俺は隠していた。そこは年の功だもんな。俺には女房もあり、子供も三人ある。資格のないこともよくわかっている。しかし俺の結婚生活は幸福じゃなかった。俺は昔結婚すべき女とのチャンスを逸して、もう一つ勇気があればあるいは結婚できたかもしれないし、彼女のほうもたしかに俺を好きだったのに、結婚できないとなるとカッとして、ヤケ半分に今の女房と結婚してしまったんだ。当然今の女房には本当の愛情はもてなかった。女房にもそれがわかって来たらしい。子供も大きくなったここ一年ほどの間に、女房は俺の目を盗んで浮気をはじめたんだ」

「…………」

「俺はこれは好機だと思った。『ここで女房と別れて、君と結婚できたら』何度かそんな夢を持ったことがある。事実女房に別れ話もしたことがある。女房も亦《また》さるものだ。子供にも愛情のない女で、『もし別れるなら、子供三人置いて出て行っていい、という条件なら別れる』というんだ。俺は悩んだ。三人の子持ちの男やもめでは、ますます君に求婚の資格はないものな」

「どうしてそういうこと、打明けて下さらなかったの？　私の気持だって、そうしたらどうなっていたかわからないわ」

「そりゃ言えないさ。俺自身の踏切りがつかなかったんだから……」

若い巡査が、コツコツと歩いて来て、寒空にベンチで話し込んでいる二人を、うさんくさそうにのぞき込んで、行きすぎた。

「あのときな、工藤の結婚式のとき、あのとき俺は一番悩んでいたんだ」

「………」

坂口は大きなのびをした。そしてむしろ朗らかな溜息をつくと、今までの沈んだ調子から、明快な声になった。

「しかし今はいいんだ。今はもうさっぱりした。負け惜しみじゃない。……君の五郎氏に関する打明け話をきいてから、俺はさっぱりしちまった。本当だぜ。もやもやがなくなったから、こんな話もできるんだ」

彼方《かなた》の木立のかげを鋭い自動車の警笛が走り、ヘッドライトが常盤樹《ときわぎ》の下葉を縫ってひらめいた。

「あきらめた、とか、恋を譲った、とか、そんな青臭いんじゃねえのさ。我身が可愛かったからだ。今の女房で、俺の半生は、後悔のしどおしだった。しかしまあ、今の女房で我慢するさ。もし今の女房と別れて、君と結婚したら、もっと手ひどい後悔をするだろうということが、俺にははっきりしたんだ。俺と結婚しても、きっと君はいつも五郎氏のことを考えつづけているにちがいない、ということがはっきりしたんだ。もう一度後悔をくりかえす一生なんか、俺は御免さ。前半生は自分で後悔しつづけ、後半生は君という女房の後悔を見つづける。桑原桑原！　もう、とにかく俺はノオ・タッチだよ。なあ」

と立上った坂口は、まゆみの肩に手をかけた。

「これからはお互いに朗らかにカラッと行こうや。電話は十時だな。まだ二時間ある。俺はもうジプシイへ行かなくちゃならないが、君はどうする？」

「映画でも見て、時間をつぶすわ。それまでジプシイで待つのはたまらないもの」

「そうだ。正直に、フランクに。……それで行こう。俺はまゆみは好きだよ」

「坂口さんって本当にいい人だわ」

「ありがとう」

坂口はおどけたお辞儀をした。

「私、一生に、あなたみたいないいお友達はもてないだろうと思うの」

「そうしたものでもないさ」

柄にもなく照れて、坂口は歩きだした。

五

坂口に映画館の前まで送ってもらったまゆみは、さっき看板を見た西部劇の映画を見に入った。「見に入った」というのは実は適当ではない。ただスクリーンにあわただしい影像がチラチラし、スクリーンからいろんな音がひびいてくるのを、暗い客席に坐ってうけとめていればよかったのである。

しかしまゆみは、われしらず画面を見つめ、へんな三枚目が女にふられて馬からおっこちる少しも悲しくない滑稽な場面《シーン》で、ほかのお客は笑いにどよめいているのに、一人で泣いた。

九時二十分になると、まゆみは途中で出て、化粧室で丹念に涙のあとを直した。映画館の前でタクシーをとめ、築地の『ジプシイ』の行先を言った。

十時きっちりに電話がかかってきて、まゆみは事務室へ呼ばれた。

「まゆみさんですか。僕、五郎です」

五郎の明るい強い声がひびいて来た。

「ええ」

「早速ですが、……(電話のむこうの声は、すこし澱《よど》んだ)……この間、お話したことですが……あれね、御返事はイエスでしょうか？ それとも……」

まゆみは、感情をまじえないはっきりした声でこたえた。

「イエスですわ」

解説　恋するすべての女の子へ、応援と励まし。

千野帽子

三島由紀夫の『恋の都』（一九五四）の冒頭で、語り手が私たちに読者諸兄ではなく〈読者諸姉〉と呼びかけているのは、《主婦の友》の連載小説だったからです。主人公は、六人組の人気ジャズ楽団《バンド》の敏腕マネージャー・朝日奈まゆみ二六歳。彼女はひたすらモテるモテる。いろんな男に言い寄られては、あわやというところで身をかわす、という挿話が何度か繰り返されます。これを縦糸とするなら、横糸はバンドメンバーや歌手といった、まゆみの仲間のミュージシャンたちの恋模様です。

まゆみは男たち（とくに米国人）をなぜ振りつづけるのか。戦争末期、浅田英学塾（後の津田塾大学がモデルか）の女学生だったまゆみは、右翼団体の少年塾生・丸山五郎と恋に落ちた。しかし疎開先から戻ってきたまゆみを待っていたのは、敗戦にさいして代々木で切腹したという五郎の位牌だった。爾来一〇年、まゆみは米国人を翻弄し利用することで、米国に復讐してきたのです。

女学生時代の回想は、級友の〈講演なんかより、昔の『舞踏会の手帖』なんて映画を見せてくれないかなあ〉という台詞が素敵。マジメ右翼少年の五郎が、まゆみとの初デートで、尊敬する師匠や軍人の話をしてしまう場面には〈自分の尊敬する人の話をすることは、いわば初心《うぶ》なフランスの少年が女の子の前でナポレオンの話をするのと同様に、持って廻った敬虔な愛の告白でもあるのだ〉とあります。オタク男子にアニメ監督やライトノベル作家の話をされたら、好きですのサインってこと？

本書の華麗な恋愛パノラマには、まゆみと二枚目俳優・千葉光とのスリリングでスヰートな駆け引きがあるかと思えば、気のいい歌手・梶マリ子の純情もあります。乙にすました高慢なお嬢さんだったはずの安子さんが、好きな人のピンチを見て、意外にもあっぱれな烈婦ぶりを見せる場面なんて、じんときちゃうじゃないか。恋するすべての女の子を心強く応援し励ます、これはまたなんとラヴリーな小説でしょう。

終盤では、まゆみの堅固な志操が、五郎生存の報によってぐらつきます。しかも五郎の正体は、よりにもよって――。未読のかたのために真相は伏せておくとして、死んだはずの恋人が生きていたなんて、まるで『与話情浮名横櫛《よわなさけうきなのよこぐし》』ですし――この歌舞伎をもとにした春日八郎の歌（♪死んだ筈だよお富さん／生きていたとはお釈迦さまでも／知らぬ仏のお富さん）がヒットしたのは、本書が刊行された年でした――、その恋人の秘密に米国がからんでいる、とくれば、韓国ドラマ『冬のソナタ』の世界ではありませんか。

本書には、同時代の風俗や時事ネタがナマな状態で含まれています。MSAとか〈例の国際賭博容疑〉という語が、なんの説明もなくあらわれます。前者は米国が一九五一年に制定した相互安全保障法のことで、日本はこれに基づき、本書が刊行された一九五四年に安全保障協定に調印しました。後者については、当時銀座で国際賭博を開帳して警視庁の手入れを受けた、米国人のクラブオーナーがいたのです。一九五三年の北九州大水害という新聞記事的な話題も出てきます。時事ネタではありませんが、千葉光が精神病院の代名詞として〈松沢病院〉という語を使うのも、いまの私たちにはなじみのない表現です。

たとえば一九九五年に阪神・淡路大震災や地下鉄サリン事件を扱った小説がそれほど多く書かれなかったのは、小説がその「最新」部分から腐っていきやすいことに、平成の小説家たちが気づいているから。しかしじつは小説は、時事ネタのいかがわしいパワーを、ワイドショウやインターネットに奪われてしまったのです。同時代の事件や風俗を貪欲に摂取した結果、「古くなった」と思われがちな『恋の都』が、いまとなってはなんと愛おしく見えることか。

東京で、米国人を前にした日本人の肩身の狭さが、『恋の都』のはしばしから読み取れます。路上の英字方向板がさししめすのは公共施設どころか米国人の私邸だし、作中の大槻久左衛門氏は〈泣く子と地頭には勝たれんいうが、アメリカはんやったら、今のまあ地頭や〉と、未知の米国人の無茶な命令を聞いてしまう。それにしても、米国人男性の手の甲がなにかと〈毛むくじゃら〉〈金色の毛が渦巻いて生え〉と書かれるのは、川端康成（＋中里恒子）の少女小説『乙女の港』に出てくる〈金色の毛の生えている、牧師さまの手〉を思わせて生々しい。

三島は連載に当って、「作者の言葉」でこう書きました。〈私は第二の上海といはれ、東京租界といはれ、植民地都市といはれる、東京といふヌエのやうな都会の、そのいちばん国際的な雰囲気のなかに生活する人たちの物語を書きたいと思ふ〉。GHQ（連合国軍最高司令官総司令部）が廃止されたのは一九五二年のことですから、まだ当時の東京は占領下日本《オキユパイド・ジヤパン》の延長線上にあったということか。

その空気をかき乱すのが、夏のジャズコンサートの司会者、ハニー・紙です。〈蝶ネクタイにコールマン髭にキザな眼鏡〉といういでたち、〈大げさな身振と英語まじりの紹介〉で、〈さあ、では、ワンダフル・べらぼうめ大楽団シルバア・ビーチ〉なんてMCをやっているこの人物のモデルは、もちろん、当時そろばんを振りつつ司会・漫談するスタイルで人気だったタレント、トニー谷。のちにバンドマスターの坂口が〈トニイ・谷流に『家庭の事情』で片附けとくか〉というセリフを吐きますが、「家庭の事情」は「おこんばんは」「さいざんす」などとともにトニー谷のヒットフレーズでした。

ハニー・紙が〈ワンダフル・べらぼうめ〉などの〈英語まじり〉のギャグを放つのも、トニー谷の名高い「レイディースエンジェントルメン、アンドおとっつぁんおっかさん」を意識したものです。トニー谷のこの言葉づかいは「トニングリッシュ」と呼ばれ、のちの長嶋茂雄の「長嶋語」、ルー大柴の「ルー語」と比較されるべき特異な日本語でした。

主人公をはじめ、英語が堪能な登場人物たちと米国人たちが織りなす最先端な物語に、ハニー・紙のごときひとりクレオールを配するとは、三島も人が悪い。主人公たちが真剣かつ軽快に「トレンディドラマ」をやれば、ハニー・紙が茶々を入れる。バイリンガルが種まきゃクレオールがほじくる、といったけしきです。

帝国ホテルで行われる〈ハロウィーン仮装舞踏会《マスカレイド》〉の場も皮肉です（まゆみは明治の女学生に扮し、束髪に袴というコスプレで参加）。民主化なんて、しょせん敗戦を忘れるために、文脈を無視して日本の「世間」に米国文化を植えつけているだけではないか、という哄笑が聞えてきそう。当時のフランク・ロイド・ライト設計の帝国ホテルは、本書の二年後に三島が『鹿鳴館』で描いた、ジョサイア・コンドル設計の鹿鳴館に匹敵する、日本の外向けの顔でした。鹿鳴館外交と呼ばれる井上馨の外交プログラムにも、伊藤博文首相官邸での仮装舞踏会が含まれていましたっけ。

発表時期が近いだけで一見接点のなさそうな娯楽小説『恋の都』と戯曲『鹿鳴館』を並べてみると、明治の近代化と戦後の民主化とに共通するトホホ感が、浮かび上がってくるではありませんか。

この小説を読んでいて気づくのは、作中でふたつの概念が、現在の私たちが感じるのとは違う意味を持たされていることです。

ひとつは「国家」。三島の死後までグァムやルバングに潜んでサヴァイヴァルな戦争を続けた日本兵たちにも似て、まゆみのなかでは「日本」の輪郭が、うわついた戦後を生きる周囲の人々にとってよりもずっとくっきりしていました。

まゆみのズレっぷりは小説の開始早々、意地悪く暴かれます。外国船ひしめく横浜港を見て、まゆみは、日本船の少なさに驚き、〈この港全部が日本の船で埋まる日〉まで生き続けてやる、と愛国心を燃やすのですが、国際港に外国船がなかったら商売上がったりですよ。まさか鎖国希望ですかまゆみさん？　それに引きかえ、隣で同じ港を見る梶マリ子はというと、来年渡米してジャズシンガーとして修業しよう、あーナイアガラ行きてー、などと〈無邪気な空想にふけっていた〉。まともなのはもちろんマリ子です。

もうひとつの概念が「処女」。バンドメンバーに〈聖処女〉と呼ばれているとおり、二六歳の美人が、モテモテなのにじつは男っ気なし。まゆみの性交経験の有無については明言されませんが、五郎に〈まゆみははっきり、／「いいえ、結婚なんかしていないわ。結婚なんか……」／聡明なまゆみは、もう一言先を言おうとして踏止まった〉と書いてあるあたりで、読者は勘ぐるしかない。

「処女防衛ゲーム」としてのリチャードソン『パミラ』（一七四〇）や菊池寛『真珠夫人』（一九二〇）、あるいは逆に妻が処女じゃなかったことをぐちぐち悩み倒す嘉村《かむら》礒多《いそた》作品の例を挙げるまでもなく、小説の世界においては、女が処女かどうかは長きにわたって、いまの私たちからすれば考えられないくらい重い意味を持っていたのです。「国家」と「処女」が帯びる意味は変ってしまったけれど、恋する女の子たちの気持はきっと、いまも変りません。本書は二一世紀の、いま好きな人がいる一途なあなた、純情なあなた、高慢なあなたに、読まれるのを待っているのです。

二〇〇八年三月、パリ、モンパルナス

*この本の表記・テクストについて

一、今日の人権意識に照らして不当、不適切と思われる、人種・身分・職業・身体障害・精神障害に関する語句や表現については、時代的背景と作品の価値とにかんがみ、そのままとしました。

一、テクストは『決定版三島由紀夫全集四巻』(二〇〇一年三月一〇日、新潮社刊)を使用しました。なお、仮名づかいは現代仮名づかいに改めました。

宮沢賢治全集（全10巻）　宮沢賢治

『春と修羅』、『注文の多い料理店』はじめ、賢治の全作品及び異稿を、綿密な校訂と定評ある本文によって贈る話題の文庫版全集。書簡など2巻増巻。

太宰治全集（全10巻）　太宰治

第一創作集『晩年』から太宰文学の総結算ともいえる『人間失格』、さらに『もの思う葦』ほか随想集も含め、清新な装幀でおくる待望の文庫版全集。

夏目漱石全集（全10巻）　夏目漱石

時間を超えて読みつがれる最大の国民文学を、10冊に集成して贈る画期的な文庫版全集。全小説及び小品、評論に詳細な注・解説を付す。

芥川龍之介全集（全8巻）　芥川龍之介

確かな不安を漠然とした希望の中に生きた芥川の全貌。名手の名をほしいままにした短篇から、日記、随筆、紀行文までを収める。

梶井基次郎全集（全1巻）　梶井基次郎

「檸檬」「泥濘」「桜の樹の下には」「交尾」をはじめ、習作・遺稿を全て収録し、梶井文学の全貌を伝える。一巻に収めた初の文庫版全集。（高橋英夫）

中島敦全集（全3巻）　中島敦

昭和十七年、一筋の光のように登場し、二冊の作品集を残してまたたく間に逝った中島敦——その代表作から書簡までを収め、詳細小口注を付す。

山田風太郎明治小説全集（全14巻）　山田風太郎

これは事実なのか？　フィクションか？　歴史上の人物と虚構の人物が明治の東京を舞台に繰り広げる奇想天外な物語。かつ新時代の裏面史。

ちくま日本文学（全40巻）　ちくま日本文学

小さな文庫の中にひとりひとりの作家の宇宙がつまっている。一人一巻、全四十巻。何度読んでも古びない作品と出逢う、手のひらサイズの文学全集。

ちくま文学の森（全10巻）　ちくま文学の森

最良の選者たちが、古今東西を問わず、あらゆるジャンルの作品の中から面白いものだけを基準に選んだ、伝説のアンソロジー、文庫版。

ちくま哲学の森（全8巻）　ちくま哲学の森

「哲学」の狭いワク組みにとらわれることなく、あらゆるジャンルの中からとっておきの文章を厳選。新鮮な驚きに満ちた文庫版アンソロジー集。

命売ります　三島由紀夫

自殺に失敗し、「命売ります。お好きな目的にお使い下さい」という突飛な広告を出した男のもとに、現われたのは？（種村季弘）

三島由紀夫レター教室　三島由紀夫

五人の登場人物が巻き起こす様々な出来事を手紙で綴る。恋の告白・借金の申し込み・見舞状等、一風変ったユニークな文例集。（群ようこ）

コーヒーと恋愛　獅子文六

恋愛は甘くてほろ苦い。とある男女が巻き起こす恋模様をコミカルに描く昭和の傑作が、現代の「東京」によみがえる。（曽我部恵一）

七時間半　獅子文六

東京—大阪間が七時間半かかっていた昭和30年代、特急「ちどり」を舞台に乗務員とお客たちのドタバタ劇を描く隠れた名作が遂に甦る。（千野帽子）

悦ちゃん　獅子文六

ちょっぴりおませな女の子、悦ちゃんがのんびり屋の父親の再婚話をめぐって東京中を奔走するユーモアと愛情に満ちた物語。初期の代表作。（窪美澄）

笛ふき天女　岩田幸子

旧藩主の息女に生まれ松方財閥に嫁ぎ、四十歳で作家獅子文六と再婚。夫、文六の想い出と天女のような純真さで爽やかに生きた女性の半生を語る。

青空娘　源氏鶏太

主人公の少女、有子が不遇な境遇から幾多の困難にぶつかりながらも健気にそれを乗り越え希望を手にする日本版シンデレラ・ストーリー。（山内マリコ）

最高殊勲夫人　源氏鶏太

野々宮杏子と三原三郎は家族から勝手な結婚話を迫られるも協力してそれを回避する。しかし徐々に惹かれ合うお互いの本当の気持ちは……。（千野帽子）

カレーライスの唄　阿川弘之

会社が倒産した！　どうしよう。美味しいカレーライスの店を始めよう。若い男女の恋と失業と起業の奮闘記。昭和娯楽小説の傑作。（平松洋子）

せどり男爵数奇譚　梶山季之

せどり＝掘り出し物の古書を安く買って高く転売することを業とすること。古書の世界に魅入られた人々を描く傑作ミステリー。（永江朗）

飛田ホテル　黒岩重吾

刑期を終えたやくざ者に起きた妻の失踪を追う表題作など、大阪のどん底で交わる男女の情と性。直木賞作家の傑作ミステリ短篇集。（難波利三）

あるフィルムの背景　結城昌治　日下三蔵編

普通の人間が起こす歪んだ事件、そこに至る絶望を描き、思いもよらない結末を鮮やかに提示する。昭和ミステリの名手、オリジナル短篇集。

赤い猫　仁木悦子　日下三蔵編

爽やかなユーモアと本格推理、そしてほろ苦さを少々。日本推理作家協会賞受賞の表題作ほか〈日本のクリスティー〉の魅力をたっぷり堪能できる傑作選。

兄のトランク　宮沢清六

兄・宮沢賢治の生と死をそのかたわらでみつめ、兄の死後も烈しい空襲や散佚から遺稿類を守りぬいてきた実弟が綴る、初のエッセイ集。

落穂拾い・犬の生活　小山清

明治の匂いの残る浅草に育ち、純粋無比の作品を遺して短い生涯を終えた小山清。いまなお新しい、清らかな祈りのような作品集。（三上延）

真鍋博のプラネタリウム　真鍋博　星新一

名コンビ真鍋博と星新一。二人の最初の作品『おーいでてこーい』他、星作品に描かれた挿絵と小説冒頭をまとめた幻の作品集。（真鍋真）

熊撃ち　吉村昭

人を襲う熊、熊をじっと狙う熊撃ち。大自然のなかで、実際に起きた七つの事件を題材に、孤独で忍耐強い熊撃ちの生きざまを描く。

川三部作
泥の河／螢川／道頓堀川　宮本輝

太宰賞「泥の河」、芥川賞「螢川」、そして「道頓堀川」と、川を背景に独自の抒情をこめて創出した、宮本文学の原点をなす三部作。

私小説 from left to right　水村美苗

12歳で渡米し滞在20年目を迎えた「美苗」。アメリカにも溶け込めず、今の日本にも違和感を覚え……。本邦初の横書きバイリンガル小説。

ラピスラズリ　山尾悠子

言葉の海が紡ぎだす、〈冬眠者〉と人形と、春の目覚めの物語。不世出の幻想小説家が20年の沈黙を破り発表した連作長篇。補筆改訂版。（千野帽子）

ちくま文庫

恋《こい》の都《みやこ》

二〇〇八年 四 月十日 第一刷発行
二〇二〇年十二月五日 第五刷発行

著 者 三島由紀夫（みしま・ゆきお）
発行者 喜入冬子
発行所 株式会社 筑摩書房
東京都台東区蔵前二―五―三 〒一一一―八七五五
電話番号 〇三―五六八七―二六〇一（代表）
装幀者 安野光雅
印刷所 中央精版印刷株式会社
製本所 中央精版印刷株式会社

ISBN978-4-480-42431-0 C0193